LALALANGUE

FRÉDÉRIQUE VORUZ

LALALANGUE
(PRENEZ ET MANGEZ-EN TOUS)

RÉCIT

HarperCollins
TRAVERSÉE

HARPERCOLLINS FRANCE
83-85, boulevard Vincent-Auriol, 75646 PARIS CEDEX 13
Tél. : 01 42 16 63 63

www.harpercollins.fr
ISBN 979-1-0339-1234-7 — ISSN 2724-9972

« Mal nommer les choses,
c'est ajouter au malheur du monde. »
ALBERT CAMUS

« Une langue entre autres n'est jamais que l'ensemble
des équivoques que son histoire y a laissé persister. »
JACQUES LACAN

PRÉFACE

« PARFOIS, ÉCRIRE EST UN ART DE LA SURVIE »

La pièce de Frédérique me parle. Elle me raconte, me rappelle que nous naissons, apprenons une langue propre à une famille que nous n'aurions peut-être pas choisie. Et cette langue souvent réduite à l'état de jargon, nous l'entendons dès notre naissance et la pratiquons sans jamais vraiment apprendre à dire la nôtre.

Cette famille, puisqu'il le faut bien, décide de nous élever, nous éduquer. En contrepartie, elle nous façonne une personnalité et nous impose des codes et des règles riches en amour certes, mais lourds aussi de névroses et d'angoisses domestiquées. Elle choisit nos habits, nos amies et amis, nos animaux de compagnie, la teneur et l'heure de nos repas, la coupe de nos cheveux, nous protège et nous brutalise aussi, mais c'est pour notre bien. Elle donne ses avis quant à nos relations, notre sexualité souvent niée d'ailleurs, nous prête des fiertés, des peurs et des colères qui ne nous ressemblent en rien.

La pièce de Frédérique raconte une extraction. Elle nous donne le temps de la réflexion, celle qui ouvre les portes de l'émancipation, celle de notre propre re-création. Aussi les questions fusent et, tels des animaux fuyant l'incendie, elles se re-trouvent au point d'eau puisqu'elles sont animées par une même soif : comprendre. Dans cette pièce qui n'est pas un monologue mais un chant polyphonique, le personnage de Frédérique (celle de la pièce) se dédouble, se détache et se ré-invente, en se relatant à rebours. Elle se re-crée dans un écho qui ne sait pas finir, brise le miroir familial et s'approprie les masques du clan tout entier, nous raconte son exil au sein même de la famille et nous décrit, dans cette langue joyeuse qui lui est propre, le réduit qui se situe entre le nombril du père et de la mère. Espace qui ne peut en aucun cas contenir l'immensité de son mystère.

Mais quel est-il, ce miroir que l'on nous tend depuis l'enfance ? Comment se voir vraiment, se re-connaître, se connaître une nouvelle fois ? Se re-rencontrer, se re-trouver et se rendre à l'évidence que nous sommes seules et seuls dans notre quête ? L'enfant que nous fûmes était un autre. Oui c'était un autre qui se taisait derrière ce rire forcé. Quelqu'un qui se languissait d'être le messager de sa vie à venir. L'écoutant re-construit le racontant. L'interlocuteur, en parlant peu, re-donne ses ailes au locuteur qui n'en peut plus de se taire. Mais avant de se confier, de se vider, il faut nous faire à l'idée que nous sommes des handicapés de la parole, des parleurs inconséquents, des instruments dissonants, mal accordés.

— Parle ! Dis-le !

— Dire quoi et à qui ?

Sans une oreille fine et bienveillante, comment créer l'adresse qui se chuchote ? S'il n'y a pas d'auditeur qui fait de l'écoute un art, à quoi bon se confier ? Comment rééduquer son « parler », inventer cette nouvelle langue, qui dégorgerait l'âme et apaiserait l'esprit ? Comment expectorer la bile qui encrasse les artères de nos enfances malmenées, parfois même déchues ? Comment respirer encore, si s'étouffe derrière la barrière de nos dents une parole qui redoute son propre champ ? Si cette jeune artiste a trouvé son cap sur les eaux tumultueuses du théâtre, c'est qu'elle a su retraduire, redessiner avec ses mots à elle la carte de son ciel et faire de son histoire familiale une épopée tragicomique dont elle est l'architecte et l'héroïne. Autrice et actrice se partagent la traversée, l'une à bâbord l'autre à tribord, l'une dans le jadis l'autre dans le re-à-venir. Elle est l'armatrice et la vigie de son vaisseau. Elle en est le maître d'œuvre et le plus humble des ouvriers. En écrivant *Lalalangue* et en la jouant devant des gens qui payent pour la voir se livrer à nous entre ombres et lumière, elle ouvre une étendue et une topographie dont elle est l'intime géomètre, là sous nos yeux et nos oreilles ébahis, elle déroule des cieux dont elle est la tempête et l'azur, elle est le Soleil et la Lune que l'on voit du haut de son arbre imaginé et pourtant si vrai. L'arbre, son échelle de Jacob à elle, intacte de la hache, c'est son observatoire poétique qu'aucune règle ni compas ne peuvent saisir.

De la cime elle peut tout voir, les écueils comme les terres promises.

Elle est son propre jour et contre-jour, son éblouissement toujours étonné et crédule.

En s'écrivant elle déploie une autre langue, une autre histoire, d'autres chroniques dont elle est la rédactrice et la lectrice en chef. En se racontant elle nous tend un miroir où figure notre famille, notre enfance qui s'impatiente derrière un rire forcé.

La parole chuchotée, choyée, déployée, écoutée dans la pénombre d'un cabinet brille désormais sur la scène du théâtre. Là est sa *terra nova*, son autre matrice, son autre maison, son autre chambre d'enfant par elle reconfigurée.

Simon Abkarian

PRÉAMBULE

Si mes frères et sœurs et moi avons grandi dans la même famille, nous n'avons pas eu la même enfance. C'est la première chose que m'a dite mon analyste.

Ce récit est le reflet de mon inconscient, ce que j'ai entendu et comment je l'ai entendu, et ce que j'ai vécu et comment je l'ai vécu. Tout cela est subjectif.

Certains éléments sont apocryphes, je les raconte selon ce que j'ai reçu comme informations enfant, mais surtout d'après ce qui a compté dans ma construction.

Transformer les personnes de ma famille en personnages de théâtre fut salvateur. Ce fut aussi une réponse à la folie maternelle.

Ce livre, qui est adapté de la pièce éponyme, est le parcours de ce que j'ai fait de mon histoire.

Une église. Le Père joue de l'orgue comme un forcené, surplombant l'assemblée de fidèles. La petite fille est assise au premier rang avec La Mère.

PÈRE PORCHERON : Prenez et mangez-en tous. Car ceci est mon corps livré pour vous.

LA MÈRE : Aaaaaameeeen.

LA FILLE : Maman ?

LA MÈRE : Chut ! « Vous qui donnez pâture aux tout petits oiseaux, bénissez notre nourriture et purifiez notre eau. Aaaaameeeeen. » Qu'est-ce qu'il y a ?!

LA FILLE : Maman, je peux poser ma tête sur ton moignon ?

LA MÈRE : Non ! Ça ne se fait pas. Et encore moins dans une église ! Pousse-toi ! C'est MON moignon !

À L'ORIGINE

Ma mère, Marie-Madeleine, était une passionnée d'alpinisme.

Ses parents lui avaient interdit de faire de la montagne avant ses dix-huit ans, mais à quinze ans déjà elle dormait la fenêtre ouverte en plein hiver pour se préparer au froid des sommets.

Elle n'avait qu'une idée en tête : escalader les hauteurs à coups de piolet et crampons, gravir la face nord des Drus et avoir raison du pilier sud des Écrins.

Ma mère avait un corps robuste, taillé pour l'extrême. Elle avait de sacrées paluches, comme on disait. Des doigts musclés, des paumes carrées, des mains faites pour agripper la roche. Ces mains dont j'ai hérité, à mon grand dam. Des mollets athlétiques bâtis pour s'élever, des épaules larges, des cheveux courts pour qu'ils ne se prennent pas dans la corde.

Elle avait le corps de son rêve. Un rêve fait de vent, de neige et de glace, d'ascensions et de défis rocheux.

Ma mère rencontra Paul, mon père, lors d'un UCPA ski de fond.

Ce fut le coup de foudre.

Mon père demanda rapidement ma mère en mariage, mais sa mère à elle, ma grand-mère, dont la principale occupation consistait à couper les ailes de sa fille, s'y opposa durant de longs mois.

Enfin, mon père eut raison de cette vieille peau, et ils finirent par se marier. Ma mère avait vingt-deux ans, et mon père, vingt-cinq.

Six mois plus tard, alors que ma mère était enceinte de cinq mois de jumeaux (déjà prénommés Jérôme et Benoît), mes parents décidèrent d'aller grimper dans les calanques de Marseille.

Ces falaises n'étaient, à l'époque, pas équipées. Mon père escaladait en tête et outillait la paroi de pitons.

Il était vêtu de son petit short bleu, qui laissait entrevoir la raie de ses fesses, et de sa chemise rouge.

« Mais Marie-Madeleine ! Donne-moi du mou, putaaiiin !!! »

À quatre-vingts mètres de hauteur, mon père attrapa un bloc de pierre en guise de prise quand soudain : CRAC ! Le bloc se détacha, mon père tomba, dans sa chute entraîna ma mère, après que tous les pitons eurent été arrachés.

SPLASH !

Ils ne moururent pas : ils furent rattrapés par un chêne, chacun se balançant à un bout de la corde.

Un rocher sectionna la jambe gauche de ma mère, et elle fit bien évidemment une fausse couche.

Ce jour-là, elle perdit donc une jambe et deux enfants.

Mon père, lui, se cassa un bras.

Ma mère est restée trois semaines dans le coma.

À son réveil, elle parlait exclusivement en allemand : « *Was ist los ? Was mache ich hier ? Wo ist mein jambe ?* »

Elle n'a pas compris tout de suite qu'elle n'en avait désormais plus qu'une. Elle essayait de marcher, tombait indéfiniment et se faisait remettre au lit par les infirmiers. Elle échappa de peu à la trépanation, méthode qui consistait à pratiquer un trou en réalisant une découpe circulaire au sommet du crâne, procédure alors utilisée dans certains cas de décompensation psychique. La sensation de « membre fantôme » ressentie par ma mère devait apparemment en faire partie.

Le jour où elle a enfin compris, elle a dit cette phrase :

« Je me vengerai sur les enfants. »

Elle a tenu sa promesse.

TAVERNY

J'ai grandi dans la ville de Taverny, dans le Val-d'Oise. Nous habitions une belle maison en meulières. Elle était très grande et ses trois étages permettaient d'abriter notre nombreuse fratrie de sept enfants.

Tout autour de notre maison, il y avait un vaste jardin rempli de cerisiers de Montmorency. Nous avions accroché une balançoire aux branches de l'un d'eux et nous adorions, ma sœur Raphaëlle et moi, nous balancer si haut que nos pieds touchaient le ciel et chatouillaient les nuages…

Nous passions des heures dans notre bac à sable au fond du jardin. Une fois, nous l'avons rempli d'eau. Nous voulions nous fabriquer un lac. Nous avons profité de l'inattention de Maman qui était au téléphone pour dévider le tuyau d'arrosage. Puis nous sommes allées nous mettre en maillot de bain et n'avons rien trouvé de mieux pour traverser discrètement le jardin que de nous dissimuler dans de grandes valises ouvertes. Notre lac ressemblait à une immense flaque de boue dans laquelle nous pataugions joyeusement. Maman était furieuse de ce gâchis d'eau et de nos petits corps maculés de terre.

Lorsque je suis née, ma sœur aînée Joëlle avait déjà quitté la maison. Elle s'est mariée et a eu son premier enfant alors que j'avais deux ans.

Gabrielle, Angélique et Matthieu ont encore vécu là quelques années mais ils restaient reclus dans leurs chambres respectives.

J'ai véritablement partagé mon enfance avec les deux autres « derniers » : Samuel et Raphaëlle.

Nous étions un petit bastion de trois résistants face aux attaques maternelles quotidiennes.

LA TÊTE DE CRÂNE

« Paulo, Paulo, Paulo ! Tudû, tudû, tudû ! Tanguy de La Fouchardière ! Géno-mes-couilles et fous-y merde ! »

Mon père était complètement fou. L'a-t-il toujours été ou bien était-ce une conséquence de l'accident ? Un peu des deux, certainement.

Toujours emmuré en lui-même, il vivait dans sa bulle. L'Autre tentant de rentrer en contact avec lui représentait nécessairement une intrusion.

Il était autosuffisant en discussions, se racontait histoires et plaisanteries, anecdotes de bureau, imitait ses collègues et leurs gargantuesques rires (qu'il allait parfois jusqu'à enregistrer en réunion pour se les repasser au dîner), tout cela dans une chronologie qui nous échappait complètement.

Nous étions très habitués à le voir se parler à lui-même, ou aux arbres, ou aux montagnes, en s'esclaffant.

Naturellement, mon père laissait tout gérer à ma mère, y compris le bordel des sept rejetons pendant les repas. Alors parfois, elle n'y tenait plus et sévissait.

Un soir, elle m'a enfermée dans la chambre de ma sœur punk, qui se trouvait à la cave.

Aimant recevoir ses amis avec qui elle écoutait très fort les premières radios libres, et surtout bien décidée à mettre une volée de marches entre elle et la vengeance maternelle, Angélique avait installé ses appartements dans le prolongement de notre ancien garage.

Cette pièce dans les entrailles de la maison, entre le cellier et la buanderie, m'effrayait et me fascinait à la fois.

La seule lumière qui y pénétrait provenait d'un soupirail donnant sur le jardin. Il y régnait une pénombre blanchâtre qui laissait deviner les posters des Sex Pistols et des Smiths.

Les amis punks de ma sœur, pour se faire un peu de sous, pillaient les fosses communes des cimetières et revendaient les ossements à des étudiants en médecine.

Pour son anniversaire, ils avaient offert un crâne à ma sœur. Une « tête de crâne », comme je disais. Ma sœur l'avait appelée Arthur. Elle lui avait mis de petites lunettes rondes cerclées de métal et une casquette de marin en laine bleue.

Pour moi, Arthur était donc un marin assassiné par les amis d'Angélique, dont l'esprit en colère errait à travers la maison…

Dans le noir total, assise sur le lit de ma sœur, agrippée à mon scoubidou phosphorescent, j'étais terrorisée à l'idée que la tête de crâne me dévore.

Depuis ce jour, j'ai peur du noir.

Je dors en boule, dans la crainte qu'Arthur ne vienne me tirer par les pieds.

— Ah bon ? Il vous reste ça de l'enfance ?

Avec ma psy vient l'odeur rassurante d'un cigarillo qu'elle écrase vivement, comme pour célébrer une bonne interprétation.

Aussitôt le pas de la porte de la salle d'attente franchi, on retrouve la fumée enveloppante de celle à qui l'on doit notre salut, l'extirpation du bain de nos souffrances quotidiennes.

DIEU NOUS A À L'ŒIL !

« Seigneur, voici le soir, et j'aimerais Te voir / On nous a dit que Tu es beau, plus beau que le ciel tout là-haut / Seigneur, voici le soir et j'aimerais Te voir / On nous a dit que Tu es grand, plus grand que le cœur des Mamans / Seigneur, voici le soir, et j'aimerais Te voir. »

Je ne pouvais pas m'endormir sans cette berceuse de ma mère…

Qu'elle chante à la gloire de Dieu pour nous assoupir ne m'étonnait pas le moins du monde.

Jésus-Christ miséricordieux était partout et accompagnait notre quotidien à chaque instant.

Notre mère nous a élevés dans une sorte de catholicisme puritain.

*

— C'est le mysticisme médiéval ! lance ma psy en écrasant vivement son cigarillo.

Selon Maman, Dieu nous regardait d'en haut en permanence et Jésus était toujours à nos côtés. Ainsi que tous les morts.

Tous.

Selon moi, Dieu était un barbu sénile et autoritaire qui envoyait son fils Jésus me suivre à la trace parce qu'il était trop vieux pour le faire lui-même.

Il envoyait également une armée d'une quarantaine de morts pour me surveiller. Une armée constituée de ma grand-mère maternelle, de mes ancêtres lointains, mais aussi de parfaits étrangers en décomposition.

Me sachant observée tant dans mes actes que dans mes pensées, je contrôlais chacun de mes faits et gestes.

Parfois, sans le faire exprès, j'insultais Dieu dans ma tête.

Redoutant les représailles christiques, je me confondais aussitôt en excuses, à genoux, les yeux tournés vers l'Éternel, épouvantée à l'idée de finir au purgatoire à perpétuité.

J'étais littéralement terrorisée d'enfreindre la loi divine, terrifiée d'être en tort et de finir foudroyée par le doigt de Dieu qui aurait été prévenu par son fils, qui, si d'aventure n'avait pas vu mon péché, aurait été alerté par l'un des quarante morts peuplant la pièce, qui vilement serait allé lui tirer la soutane, me montrant de son doigt décharné, me guettant de ses orbites vides : « Hé, Jésus, la petite : elle s'est touché la zézette ! »

La partie la plus laborieuse restait la douche, que je prenais entortillée sur moi-même, me cachant comme je pouvais avec le pommeau, jetant des regards angoissés en direction du plafond, prête à voir poindre une auréole sur la peinture verdâtre de la salle de bains.

Ma vie, je la passais donc à tenter laborieusement de correspondre au standard divin édicté par ma mère :

« N'éprouver aucun plaisir, se priver de tout, ne rien posséder. »

Pour que Jésus me foute la paix !

L'axiome de survie de mon enfance était pourtant : « Pas vu, pas pris ! » Le but étant d'échapper au regard maternel. Pour avoir la paix. N'être point une cible potentielle du déchaînement de sa folie...

Heureusement, nous étions nombreux, et ma mère accordait davantage d'attention à son chien qu'à ses filles. Il m'arrivait donc de réussir à me soustraire à ses yeux durant presque une heure, ce qui me permettait d'aller me raconter des histoires à voix haute en marchant dans le jardin, et d'aller me cacher dans le grand cèdre que l'on voyait de toute la ville tant il était haut.

Dès mon plus jeune âge, j'ai en fait été en représentation permanente, racontant à Dieu quelque chose que je n'étais pas, pour convenir à ce que j'imaginais devoir être…

Plus tard, le choix du métier de comédienne fut donc une évidence, la question du regard étant dans ma vie assez centrale…

LE MOIGNON

Ma mère n'était pas exactement l'archétype de la douceur. Mes sœurs et moi étions pour elle un objet de répugnance. Je m'en accommodais, et j'allais glaner des bribes de tendresse là où c'était encore possible.

J'adorais m'allonger sur son moignon, caresser son moignon. J'aimais le soir, quand elle nous lisait *La Bible illustrée pour les enfants* d'Alain Decaux, me blottir contre son moignon moelleux. C'était la partie la plus douce de son être. Toute sa maternité y était concentrée.

Ma mère avait beau ne choisir que des lectures bibliques, bandes dessinées sur la vie de Jésus ou de quelque apôtre, c'était toujours une trêve dans la violence quotidienne, et pour un instant elle était simplement une mère faisant le rituel du soir avec sa fille.

Je me pelotonnais contre cette boule de chair douce qui me faisait penser à de la pâte à pain pas cuite. Cela me rappelait la pâte crue de ses légendaires tartes aux pommes que je grignotais en la regardant disposer les quartiers de pommes en rosace parfaite.

CLOCHE-PIED

Enfant, je pensais que toutes les mères n'avaient qu'une jambe. J'étais toujours un peu… décontenancée devant les autres mères à deux jambes qui, à mon sens, présentaient une anomalie. Quelque chose en trop… Ou plutôt quelque chose en moins.

Car finalement, il ne manquait pas vraiment quelque chose à ma mère, son absence de jambe étant davantage une multiplication qu'un manque. Elle avait toute une panoplie d'accessoires : des jambes de ville, des jambes de sport, des rajouts de pied avec des ongles peints, des « jerseys » par milliers…

Une fois, j'ai vu une autre maman avec une seule jambe, et ça m'a vraiment chamboulée, parce que je croyais que j'étais aussi sa fille. Qu'elle était aussi ma mère.

J'étais toujours un peu perdue lorsque nous sortions de la réalité de notre maison. Définissant le réel par rapport à mon quotidien.

Ma mère était inscrite à un groupe d'activités sportives pour handicapés. Le week-end, nous allions dans la forêt de Fontainebleau grimper avec une dizaine d'autres unijambistes. Une fois, lors d'une de ces sorties, je me souviens d'avoir été intimidée par tous ces inconnus. Je me suis alors précipitée pour prendre ma mère dans mes bras et me blottir contre son ventre, cette irruption de tendresse fut certainement l'une des seules de mon enfance quand, horreur : je m'étais trompée de mère ! En levant les yeux j'ai vu un autre visage, me souriant, étonné. Et ma mère à côté, gênée, certainement jalouse. Je suis partie en courant, honteuse, et me suis mise à pleurer derrière une pierre. Toutes ces fausses jambes m'avaient fait tourner la tête et perdre de vue Maman !

Est-ce la prothèse qui fait la mère ?

PFFF ! MA PAUV' FILLE

« T'étais où ? Tu vas faire le trottoir, c'est ça ? P'tite pute ! Ah... tu me dégoûtes, tiens !!! »

— C'est votre féminité qui la dégoûte ! On s'arrête là ! [Cigarillo !]

Ma mère haïssait la féminité, ce qui nous valait, à nous, les filles, une pluie d'insultes quotidiennes.

Elle mettait l'homme au défi de ne l'aimer que pour son essentialité : une seule jambe, cheveux courts, guenilles, aucun artifice de beauté.

« Une femme, c'est ça : un trou ! »

Ma mère réduisait la femme à sa fonction primaire.

Elle exerçait une partie de son autorité maternelle à détruire notre féminité.

Raphaëlle et moi avions des cheveux magnifiques, de belles boucles, elle blondes et moi, rousses, et ma mère, qui avait trois poils sur le caillou, était jalouse comme un pou.

Elle nous emmenait ma sœur et moi chez le coiffeur, et disait : « Coupez-leur bien court ! »

Ma mère voulait des garçons…

Elle en avait perdu trois. Jérôme et Benoît lors de l'accident, et Bernard, quelques années plus tard, d'une pneumonie à l'hôpital, alors qu'il avait cinquante-six jours. Elle ne s'est jamais remise de sa mort, car contrairement aux jumeaux, elle l'avait connu. Elle fut toute sa vie hantée par ce minuscule fantôme.

Elle nous a donc coiffées, attifées et baptisées comme des garçons.

Joëlle, Gabrielle, Raphaëlle, Frédérique…

Elle nous habillait des vêtements rapiécés de nos frères, et nous faisait les mêmes coupes de cheveux qu'eux. Ainsi donnions-nous peut-être l'illusion d'être les petits morts.

Un beau jour, à l'âge de neuf ans, ma sœur Raphaëlle et moi sommes allées visiter notre sœur Angélique, réfugiée à Londres.

La veille de notre retour, elle nous a emmenées nous faire percer les oreilles dans une petite boutique de Camden Market.

Je me souviens du parfum de transgression de ce moment.

J'appréhendais la réaction de Maman, mais j'étais surexcitée à l'idée de m'approprier mon corps.

À notre retour, elle était furieuse bien sûr, mais elle m'a laissé mes petites boucles d'oreilles.

Je portais mes deux bouclettes violettes comme un étendard, la preuve à la face du monde que j'avais le droit d'être une fille. Je me sentais comme une reine ornée de grenats merveilleux. Ces deux petites pierres qui m'ont aidée à me redresser. À me tenir droite.

Dans ma poitrine vide ça fait comme le tic-tac
D'une vieille pendule d'un pantin d'bric-à-brac
Une poupée ancienne au ressort brisé
Une poupée d'porcelaine au regard délavé

ANNE-PAPA

À la maison, c'est ma mère qui nommait les filles. Mes sœurs Joëlle, Gabrielle et Raphaëlle s'appelaient en réalité « Joële, Gabriele et Raphaële ». Elle leur avait rigoureusement coupé les *l*. Elles ont par la suite pris soin de les recoller.

Mon père rêvait d'avoir une fille qui s'appellerait Marie quelque chose, Anne quelque chose, ou encore Isabelle. Il a toujours perdu cette bataille contre ma mère.

Elle m'a eue à quarante-cinq ans et demi. Supposant que je serais certainement la dernière enfant de la longue fratrie, mon père a donc tenté une dernière fois le prénom composé.

En rentrant de la mairie, il a croisé ma sœur Gabrielle qui lui a demandé comment il m'avait appelée, ce à quoi il a répondu fièrement : « Marie-Christine ! » Ma sœur s'est alors mise à hurler : « Quoi ?! Il en est hors de question ! Tu vas retourner à la mairie et l'appeler Frédérique ! »

Soumis à la puissance féminine, il est retourné le dos rond à la mairie et a demandé à modifier le registre.

Papa se consolait donc en ajoutant comme préfixe à chacun de nos prénoms : Anne, Isa ou Marie, ma sœur Raphaëlle devenant « Isa-Rafouk », et moi, « Marie-Fré ». Cette excentricité paternelle lui valut de la part de mes grandes sœurs le sobriquet d'« Anne-Papa ».

JE CROIS TOUT CE QUE JE VOIS

Ma mère avait une obsession du langage et du respect de la langue française. Elle disait : « Je regrette, il y a un mot pour chaque chose ! » Si bien que, moi, j'interprétais chaque mot, chaque chose, selon son sens, strictement, faisant des interprétations littérales de la réalité, recevant tout au premier degré.

Pour moi les « villes jumelées », c'était quelqu'un qui s'était rendu compte que quelque part dans le monde on avait par inadvertance construit une ville identique à une autre ville ici en France, alors je me disais : « Les pauvres, ils ont la même ville là-bas ? C'est tellement laid ! »

Pol Pot était forcément un gentil monsieur, puisque dans son nom, il y avait « pote » !

Klaus Barbie devait être un homme adorable, victime d'une erreur judiciaire, puisqu'il portait le nom des poupées que je rêvais d'avoir !

Ma mère m'a donné naissance à la clinique Lambert. J'étais donc persuadée d'avoir été mise au monde par Christophe Lambert, dont je me demandais comment il arrivait à gérer une carrière de médecin en même temps qu'il tournait dans *Highlander* !

Je me racontais des histoires avec les mots. Pour ré-enchanter le quotidien… le mettre à distance… le transposer… faire de ma vie une fiction et ainsi l'éloigner de moi.

LE FOUS-Y TOUT

« Joëlle ! Gabrielle ! Angélique ! Matthieu ! Samuel ! Raphaëlle ! Frédérique ! À taaaaable !!! » hurlait ma mère en agitant son énorme cloche de vache, rassemblant son troupeau d'enfants dans la prairie de sa cuisine.

Les repas rythmaient nos journées et constituaient l'essentiel du ciment familial. Au repas du midi, ma mère élaborait le menu du soir, et au repas du soir celui du lendemain midi.

Nous menions un quotidien plutôt austère. Ma mère était une femme économe.

« Économe » est un euphémisme.

Mon père était ingénieur et gagnait pourtant très bien sa vie, mais ma mère, qui elle était femme au foyer, aimait à nous faire vivre comme des loqueteux. Elle se et nous privait de tout.

La jouissance de la privation. Et surtout de tout plaisir, qu'elle jugeait *inutile.* Dans sa bouche, l'expression « joindre l'utile à l'agréable » était devenue « joindre l'utile à l'utile ».

La chose devait même être le plus désagréable possible, pour bien en chier et acheter son paradis.

« *À qui perd gagne, à qui perd gagne, quand tu perds ta vie tu la gagnes...* », chantait ma mère à tout bout de champ, comme une sorte de précepte existentiel.

Elle répétait sans cesse : « Je regrette, il faut manger son pain noir en premier. »

Littéralement, nous devions toujours terminer le vieux pain avant d'entamer la nouvelle baguette ; si bien que, le temps de finir les vieux quignons, nous ne mangions que notre pain noir, en voyant la baguette moulée prohibée encore chaude sur la paillasse... Manger de la merde en ayant sous les yeux une chose savoureuse interdite était pour ma mère la plus belle des jouissances !

Elle adorait nous faire avaler les pires horreurs pourries : du gruyère devenu vert, des conserves périmées depuis dix ans, des petits pains au lait moisis.

En fin de semaine, elle nous servait des plats constitués des restes mélangés des jours précédents.

Le « fous-y tout », comme elle disait.

Les épinards du jeudi baignaient dans le soufflé au fromage du mardi, les spaghettis bolognaise du mercredi dans le hachis parmentier du samedi, tout cela dans une sorte de purée amalgamée accrochée au fond de la marmite.

Au supermarché, elle se délectait à ne choisir que les fruits et légumes abîmés : « Il faut bien que quelqu'un les mange, sinon c'est du gâchis ! »

Le sacrifice à chaque instant.

Et lorsqu'on devinait en goûtant un plat répugnant de quoi il était composé, viande recyclée de la semaine précédente, restes récupérés dans la poubelle des voisins, se dessinait sur son visage une expression de victoire.

FAUT PAS GÂCHER !

Ma mère recyclait tout.

Absolument tout.

Un soir, alors que je rentrais comme d'habitude seule de l'école depuis l'arrêt de bus de notre charmant village étriqué de région parisienne, j'ai vu des garçons s'arrêter le long de notre jardin et me regarder, hilares.

J'ai accéléré le pas, la sueur coulant le long de ma tempe. Qu'avait-elle encore bien pu faire ?

Quand, enfin, j'ai vu sécher dans le jardin du papier-toilette accroché feuille à feuille avec des pinces à linge. J'étais toujours estomaquée par ses nouvelles trouvailles, elle regorgeait de surprises et de créativité dans l'immonde.

Ma mère allait repêcher ledit papier dans les toilettes après notre passage : elle nous avait appris à tirer la chasse d'eau le moins possible (« C'est quand même pas la peine pour un tout petit pipi ! »), s'octroyant ainsi le plaisir de glaner les feuilles « pas trop immergées et pas trop crottées ».

Elle recyclait également les mouchoirs qu'elle récupérait dans nos poubelles, elle les repassait et les pliait minutieusement pour les remettre dans leurs sachets... En jubilant à l'idée que nous nous mouchions sans nous apercevoir des débris de crottes de nez restés collés et aplatis au fer.

Encore une fois, l'excitation dans ses yeux lorsque je m'écriais : « Mais c'est dégueulasse ! Il a déjà servi ! »

Et elle de pérorer sur notre génération de petits-bourgeois qui n'avait aucune conscience de la valeur des choses : « Achète achète !! Maman rachète !! Jette jette jette !! Pfff !! »

Avant de se servir de quoi que ce soit chez nous, nous devions l'inspecter sous tous les angles.

Si d'aventure je me risquais à inviter des amis et que j'avais omis de vérifier un recoin, l'un d'eux pouvait tomber sur une serviette hygiénique usagée ou sur du papier-toilette qui séchait sur le tuyau de l'aspirateur.

Les moments où je recevais étaient des moments d'angoisse où la honte n'était jamais loin.

La maison entière était recouverte d'une couche de crasse qu'il me fallait récurer pour sauver les apparences.

Chaque invitation impliquait une journée de vaisselle du contenu intégral de nos placards, durant laquelle ma mère venait à plusieurs reprises m'arracher l'éponge sale des mains et tenter de dissimuler le produit vaisselle, qui selon elle était un crime de pollution, et repêchait dans la poubelle le sopalin maculé de saleté qui « pouvait encore servir, non mais ! ».

Admettant que c'était beaucoup d'efforts pour relativement peu de plaisir, je me suis décidée un beau jour à ne plus inviter personne.

LES OMR

Ma mère était quasiment à l'avant-garde de la décroissance. Il fallait acheter le moins possible, allumer une lampe uniquement si nécessaire, utiliser un vêtement jusqu'à son usure totale, ne jamais laisser la télé sur veille pour sauver les ours polaires.

Naturellement, nous n'achetions jamais d'objets neufs.

Nous allions à la VPH. Vente paroissiale d'hiver. Et, un dimanche par mois, nous allions faire les « Objets mis au rebut ».

En langage courant, les OMR étaient les encombrants. C'était un peu comme notre magasin personnel.

Nous en rapportions tout un tas de merveilles : des matelas jaunis par des générations de pipis d'enfants, des frigos dont la porte ne fermait plus, des égouttoirs qui ne tenaient plus debout...

« Mais enfin ! C'est encore en très bon état ! On est des bourgeois ! Achète achète, Maman ! Rachète !! Jette jette jette !! Pfff !! »

Maman s'identifiait totalement à ces objets, se considérant elle-même comme mise au rebut.

Dans ma tendance à forger ma propre interprétation de la réalité, j'entendais cela en un seul mot, les objets « Misorobus ». Je croyais que c'était une marque, notre propre marque de supermarché, à nous, rien que pour nous, dans un terrain vague crasseux.

J'étais très reconnaissante envers les gens bien intégrés à la société qu'ils nous fassent l'honneur de nous laisser utiliser leurs vieux objets. Je me sentais par ricochet intégrée à la société.

Monsieur Misorobus était le gérant de ce supermarché. Je le voyais faire l'inventaire des entrées et sorties de notre stock, un bloc-notes à la main. Il portait un costume violet à fines rayures bleues, des cheveux gominés en arrière et de petits sacs plastique protège-pieds bleu ciel pour ne pas salir ses chaussures dans notre bauge personnelle.

— Mais c'est un fabuleux exemple de « lalangue » !

— Euh... C'est quoi « lalalangue » ?

— En langage lacanien, la « lalangue » est le dictionnaire familial : tout cet ensemble de mots qui ne veulent dire quelque chose que pour une famille donnée. [Cigarillo !]

Tout reclus que nous étions, nous avions une lalangue assez fournie chez les Marotte…

« Je regrette, il y a un mot pour chaque chose. »

Le bac à légumes en bas du frigo était un « hydrator » ; une lavette, un « shamex » ; et une raclette à plat, un « lèche-tout ».

En sus de ce vocable bien à elle, ma mère ne parlait qu'en lapalissades :

« Comme on fait son lit on se couche. »

« Qui peut le plus peut le moins. »

« Mieux vaut trop que pas assez. »

« Ce qui est fait n'est plus à faire. »

Avec une sorte d'air de fatalité exaspérant, acceptant toute la merditude de la vie comme une obligation immuable.

LES CLOCHARDS DE MAMAN

D'aussi loin que je me souvienne, je me sentais exclue du monde.

Plus les années passaient, plus je prenais conscience de la bizarrerie familiale.

Nous vivions en autarcie.

Les rares amis de Maman étaient pour la plupart des clochards, des handicapés mentaux et autres reclus.

Elle avait tout de même quelques connaissances rencontrées à la paroisse, comme ma marraine, Blandine, qui disait : « Le sida a été envoyé par Dieu pour nettoyer la terre des homosexuels, c'est évident ! »

Je crois que, quitte à choisir, je préférais les clodos...

*

Ma mère reconstituait une sorte de cour des miracles à domicile : « Il faut bien que quelqu'un les aide, les pauvres, ils ont pas choisi de naître clochards ! »

Elle hébergeait parfois certains d'entre eux. Vaine tentative pour attirer l'attention de notre père. Elle les invitait en espérant qu'il en dise quelque chose, quand il n'était pas absent. Il n'en disait jamais rien, et nous restions parqués avec nos clochards.

Il y avait Bernard, toujours complètement soûl, qui cuvait son vin sur un vieux lit de camp devant la porte de ma chambre. J'étais terrifiée lorsque je devais aller faire pipi la nuit et contourner la masse ronflante : l'ogre qui allait me dévorer toute crue…

Le matin, en guise de petit déjeuner, ma mère lui déposait sous le nez un bon litron de vin rouge dans un cubi imitation tonneau.

Elle aimait entretenir leur clocharditude.

Pourquoi ?

Pour avoir quelqu'un de qui s'occuper !

Vraie Marie-Madeleine des temps modernes…

La clocharde qui me faisait le plus peur était Odette. C'était la démunie préférée de Maman.

Elle nous forçait, ma sœur Raphaëlle et moi, à lui rendre visite tous les samedis. Nous avions environ cinq et six ans.

Odette vivait dans un cube de tôle sur un terrain vague derrière notre école maternelle.

Il y avait chez elle un vieux lit défoncé, une table, quelques cagettes et une grande et vieille armoire dans laquelle j'étais sûre qu'elle enfermait les enfants, et, au sommet de celle-ci, une impressionnante collection de rouleaux de papier-toilette vides. (Pour m'évader du moment présent je me concentrais sur cette collection, comptais les rouleaux et me demandais à quoi diable ils finiraient par servir.)

Il arrivait toujours ce moment redouté où je devais me sacrifier et aller m'asseoir sur ses genoux, respirer son odeur de vinasse et subir ses bisous puants et poilus.

« La pauvre, elle a pas choisi de naître clocharde, elle a bien le droit de câliner une petite fille ! »

Odette était immense, vêtue d'une grande veste en daim marron élimée, elle avait les cheveux aux épaules, filasses et gras, un menton en galoche velu et ressemblait davantage à un homme qu'à une femme.

Toutes les nuits de mon enfance, je faisais le même cauchemar : nous étions ma sœur et moi dans la forêt de Taverny, c'était l'automne, les feuilles mortes tapissaient le sol, le vent soufflait dans les branches nues des arbres, provoquant des craquements sinistres. Nous étions au bord de la rivière. Odette surgissait, nous nous battions, elle à coups de rame, et nous à coups de poing minuscule. Nous essayions de nous enfuir mais elle nous bloquait le chemin de sa stature de troll. Puis elle nous kidnappait et nous jetait dans sa barque, sur la rivière, et nous emportait loin… loin… loin… Nous regardions la rive s'éloigner, pelotonnées l'une contre l'autre, et Odette partait d'un gargantuesque rire, les yeux fous et les canines acérées.

— Mais c'est un trauma ça !! [Cigarillo !]

Ma mère aimait tant et tant les clochards que j'ai longtemps cru que pour être aimé des autres il fallait être hirsute, démuni et vêtu de guenilles.

Petit choc des cultures lorsque j'ai débarqué dans le milieu du théâtre parisien :

« T'as trouvé un agent ça y est ? Non ? Ça va venir ! »

(« Pfff ! Avec la gueule qu'elle a, elle en trouvera jamais ! »)

Ou quand j'ai passé mes premiers essais et que le regard du directeur de casting s'est posé méprisamment sur le trou de mon manteau.

« Oui oui, bien sûr : on vous rappellera. »

Connard !

QUI PERD SA VIE LA GAGNE

Tout mauvais moment sur terre était épargne sur le compte de l'au-delà, la vie étant un slalom où il fallait éviter les bons moments, la bonne chère, la réussite personnelle...

Ma mère se laissait dépouiller par le tout-venant. Elle achetait des bouteilles de shampoing 3 en 1 à LIDL (comme elle parlait allemand, elle prononçait « LIDL » avec l'accent germanique, terminant le mot dans une sonorité sèche, retenant le *l* final), nous faisait prendre des bains les uns après les autres dans la même eau de plus en plus sale pour l'économiser, achetait la lessive la moins chère, celle vendue dans un paquet où il était sobrement écrit « lessive » – cette lessive qui me valut un matin, dans l'autobus vers l'école : « C'est toi qui sens le vomi ? »

Mais si un vendeur à domicile toquait à la porte pour lui vendre « Madame, un merveilleux purificateur d'eau à 10 000 euros, tout équipé, hein, c'est du Culligan, ça vous accompagne jusqu'à la mort si je puis dire. Non pas que… », eh bien elle achetait sur-le-champ. « Il avait une bonne tête, le pauvre… »

Ma mère se faisait dépouiller jusqu'à son propre corps et se laissait dévorer par les moustiques.

« Pauvre bête, elle a pas choisi de naître moustique, il faut bien qu'elle mange, qu'elle nourrisse ses petits. Ouille ouille, ça pique ! »

Et si d'aventure nous explosions un moustique sur son bras, on s'en prenait une. « ASSASSIN !!! »

« Agneau de Dieu, toi qui enlèves le péché du monde… Prends pitié de nous…

Et des moustiques… »

Je suis la femme pendeloque, faite de bric et de broc
Pièces piquées par-ci par-là remplacer les anciennes
Un cœur qui ne bat plus ça ne vaut plus la peine

LE PRINCE DES TÉNÈBRES

Dans sa folie catholique, ma mère a voulu faire exorciser ma sœur. La punk.

Elle a contacté un curé spécialisé et pris rendez-vous.

« Écoute, Angélique, tu es malade, tu es possédée. Tu as le diable au corps, le prince des ténèbres agit à travers toi. »

Elle avait soixante-douze épingles à nourrice sur son jean, un rat en guise d'animal de compagnie et la fameuse tête de crâne dans sa chambre.

Une fugue à Amsterdam a sauvé ma sœur de cette chirurgie divine.

Ma mère en profita pour nettoyer sa chambre de ses fétiches sataniques et fit un autodafé dans la cheminée : elle brûla *L'Antéchrist* de Nietzsche et perça les yeux des posters de David Bowie.

Lorsque ma sœur revint deux semaines plus tard, ma mère était en train de faire la vaisselle, le dos voûté sur son labeur. Sans même se retourner, elle dit :

« Tiens, Angélique doit être rentrée, ça sent la vinasse et le tabac brun ! »

Ma sœur a refermé la porte et a repris sa fugue : elle a parcouru l'Europe avec une bande de motards dont elle était la protégée.

Ma mère n'en finissait pas avec son délire mystico-médiéval. Le prince des ténèbres… Cela me rappelait Harry Potter.

J'étais obsédée par Harry Potter…

Déjà parce qu'il était orphelin, ce qui, pour moi, constituait quand même une sorte de fantasme. Mais aussi à cause de Voldemort.

Ma mère avait un point commun avec « Celui-dont-on-ne-doit-pas-prononcer-le-nom » : l'obsession de ne pas vouloir mourir.

Nous étions les horcruxes de ma mère.

Selon Dumbledore, les horcruxes sont la forme la plus noire de magie qui soit. Ce sont des objets hautement maléfiques. Un sorcier y dissimule une partie de son âme, s'assurant ainsi l'immortalité lorsque son corps vient à être détruit. On en crée un en commettant un acte impardonnable qui déchire l'âme en deux… Un meurtre ! *Avada Kedavra !!!* Voldemort a créé sept horcruxes. Nous étions sept enfants. La similitude entre ce mage noir et ma mère était frappante.

Nous étions des bouts, des lambeaux, des morceaux de notre mère… Ses prolongements. Nous lui appartenions.

Nous étions elle. Sa jambe perdue…

— Je suis le horcruxe de ma mère. Un morceau d'elle vit à travers moi.

— Mais qu'est-ce que c'est que ces conneries ?! [Cigarillo !]

LA TÉLOCHE

Il me fallait me sortir de tout ça, m'évader jusqu'à avoir l'âge de partir. J'attendais ma majorité en trépignant.

Vivre avec Maman, c'était l'angoisse perpétuelle. Mieux valait passer inaperçu pour éviter le déchaînement de ses foudres.

Si l'on se montrait dans son champ de vision durant l'un de ses moments de folie, on se prenait une de ces fameuses piques acerbes provenant de sa banque de données accumulées, tout ce qu'elle retenait en nous écoutant insidieusement, l'air de rien, et nous recrachait au moment opportun.

En bonne catholique extrémiste qui se respecte, elle nous interdisait tout divertissement jugé médiocre.

Ainsi, écouter de la musique était quasiment impossible. On entendait la jambe arriver et voilà qu'elle arrachait la prise de mon poste en disant : « C'est pas de la musique, c'est du bruit ! » Avant de repartir, effrayante et clopinante, en train d'imiter ladite musique : « Ta ta ta ! Ta ta ta ! »

Regarder la télévision n'était pas une mince affaire non plus : on le faisait assis sur une fesse, le son au minimum, prêts à bondir si la jambe approchait.

Heureusement, elle était en bois et on l'entendait arriver de loin.

Elle finissait toujours, au cours de ses rondes, par débouler dans le salon, se jeter sur la télé et appuyer sur le bouton off.

Un jour, elle a eu une idée de génie : castrer la prise.

Elle a enlevé les deux fiches de la prise mâle. À compter de ce moment, si l'on voulait regarder la télé, on devait l'implorer pour qu'elle nous donne les deux petites bites en métal.

Je passais de longs moments à lui défendre l'intérêt d'un programme en la suivant à travers la maison. Elle adorait avoir ce pouvoir sur nous, se faire supplier, se faire prier.

Une autre fois, elle a jeté l'antenne télé sur le toit des voisins. Avant d'envoyer mon père sonner chez eux pour la récupérer.

Naturellement, ils nous haïssaient.

Ce refus du plaisir m'exaspérait et faisait grandir en moi un désir de révolte de plus en plus prégnant. Si l'on mangeait, c'était uniquement pour les besoins du corps, si l'on s'habillait, c'était uniquement pour ne pas avoir froid, et si l'on jouait, c'était pour s'instruire ! Le Scrabble restait le jeu préféré de ma mère, car il était utile : on y apprenait l'orthographe. Nous faisions d'interminables parties où ma mère optimisait la moindre de ses lettres et nous écrasait avec le double de nos points.

Mais un beau jour, c'est moi qui ai remporté la victoire ! Quelle ne fut pas ma joie vengeresse lorsque j'ai fait un Scrabble avec le mot « ESTROPIÉE » !!!!

LE CHALET PAX

Après la Seconde Guerre mondiale, les parents de ma mère ont acheté pour un franc symbolique du mètre carré un ancien coin de maquis de la Résistance. Une sorte de marais boisé au pied de l'aiguillette des Houches, dans un petit village de la vallée du Mont-Blanc.

Ils ont passé des années à assécher le marais en allant chercher des pierres et du sable de l'Arve, la rivière qui traversait le village. Ils y ont construit un petit chalet, le « Chalet Pax », en attendant de construire le « Chalet Assumpta », le grand chalet familial.

Le Chalet Pax portait bien son nom, c'était vraiment notre havre de paix. Entourés de beauté, nous passions nos étés à jouer dans le grand jardin, et à faire contre notre gré de longues randonnées.

KOF
KOF
JESUS

L'amour de la montagne de Maman lui venait de ses parents, précurseurs de l'alpinisme. Ils allaient tous deux marcher équipés de lourdes chaussures en cuir et traverser des glaciers avec des piolets en bois et des semelles à clous. Ma mère n'a pas reproduit avec ses enfants l'interdiction parentale de faire de la montagne avant la majorité. Elle nous a tous emmenés dès notre plus jeune âge dévaler les pistes de ski. Encore aujourd'hui sont accrochés sur le Chalet Pax les petits skis verts en bois de mes grands frères et sœurs.

Ma mère avait une sœur : Anne-Marie. Pour compenser le fait qu'elle n'ait jamais fondé de famille, ses parents lui avaient fait don du grand chalet, tandis que Maman, femme accomplie puisque sept fois mère, s'était vu léguer le petit chalet de 36 mètres carrés. Ils introduisirent par là même le ver dans la pomme, entretenant le sentiment de persécution de ma mère, qui se percevait comme la fille rejetée.

Elle n'avait de cesse de ressasser sa haine et sa jalousie, déclenchait des crises quotidiennes à travers le jardin, voulant à tout prix aller dans le grand chalet, ce que ma tante ne supportait pas puisque ma mère voulait tout réorganiser, tout abîmer, ouvrait les placards, critiquait tout, amenait son chien qui mettait des poils partout. Nous, les enfants, n'étions pas les bienvenus, nous étions trop bruyants, trop salissants, des petites tornades boueuses. Tatie nous appelait « les envahisseurs ».

PAUVRE BÊTE !

Dans son obsession du sacrifice, ma mère adoptait ses chiens à la SPA. Nous nous retrouvions donc toujours avec des bêtes traumatisées, passablement violentes, qui mordaient les facteurs et avaient l'allure d'une serpillière.

Ma mère ne supportait pas l'idée d'entraver la liberté de ses chiens.

En période de chaleur, elle se levait juste avant que mon réveil ne sonne pour pouvoir, dans sa robe de chambre élimée couleur violette, entrouvrir la porte d'entrée et laisser filer Rocco, notre chien obsédé, pour qu'il ensemence les chiennes du quartier.

Les voisins défilaient chez nous pour se plaindre des séances de copulation canine. Et s'ils refusaient de laisser sortir leur chienne, Rocco, qui avait flairé la femelle, détruisait tout sur son passage : jardins, fleurs, plates-bandes. Il griffait les portes et mordait les passants.

« Il a bien le droit de vivre, le pauvre ! Il a pas choisi de naître chien !! »

Les voisins, qui avaient renoncé à tenter d'avoir une discussion sensée avec ma mère, venaient me voir moi, directement. J'avais dix ans !

Alors, le matin, je mettais mon réveil encore plus tôt pour la surprendre et je me précipitais sur la porte pour la fermer et l'empêcher de lâcher la bête. S'ensuivait une lutte physique durant laquelle Maman essayait d'ouvrir, moi de fermer, et le chien surexcité nous sautait dessus. Maman me criait d'ouvrir la porte, moi je lui hurlais que non, Rocco nous griffait, et naturellement ma mère gagnait et réussissait à faire sortir ce sale chien en m'envoyant valser contre l'étagère d'un revers de main, manquant de faire dégringoler sur ma tête toutes les assiettes exposées. Elle jouissait d'une répugnante lubricité à l'idée d'imaginer son chien couvrir les chiennes, un sourire satisfait collé aux lèvres ; remarquable illustration de son hypocrisie du refus des plaisirs charnels, qui en réalité l'obsédaient totalement. À mes yeux, parfaite icône de la mascarade catholique.

FRÉDÉRIQUE DICAPRIO

M'évader... Me sauver de son regard... Du regard de Dieu... Faire diversion...

Le besoin de trouver une issue se faisait de plus en plus urgent. Je m'échappais dans les romans fantastiques, les bandes dessinées, les activités sportives, les arts plastiques. Je passais des heures à bâtir des cirques miniatures, je recopiais toutes les bandes dessinées que je lisais. On m'appelait « photocopieuse couleur ».

Et puis il y avait le cinéma. Mon père m'y emmenait de temps en temps.

À dix ans, j'ai vu *Titanic*. Papa, toujours très émotif, a versé ses premières larmes lorsque le titre est apparu sur l'océan.

Quant à moi, je suis tombée folle amoureuse de Leonardo DiCaprio.

Ça a été le début d'une véritable obsession.

J'ai commencé par accrocher un poster à côté de mon lit pour l'embrasser tous les soirs avant de m'endormir. La bouche de Leo était tout usée à force, et j'ai fini par ne pouvoir embrasser qu'un rond blanc et pelucheux.

Je me suis inventé une histoire. Nous nous étions mariés alors que j'étais encore une petite graine dans le ventre de ma mère, ce qui expliquait pourquoi il ne se souvenait pas de moi.

Toutes les nuits, je me repassais le même scénario : Leonardo venait toquer à la fenêtre de ma chambre, je lui ouvrais, émue et étonnée, il me hissait sur la proue de son bateau, et je devenais Kate Winslet. Alors il me prenait les mains, et je volais avec lui, le vent dans les cheveux, nous voguions vers le soleil couchant, et Céline Dion sur le pont chantait dans sa robe dorée : « *You're here, there's nothing I fear, And I know that my heart will go on…* » Je finissais par glisser dans le sommeil, bercée par les eaux de l'Atlantique…

DIAPOSITIVE
KODACHROME
TRAITÉ EN FRANCE
PAR
Kodak

Dans la nécessité de croire en quelque chose qui pourrait me sauver, j'obligeais tout le monde à m'appeler Frédérique DiCaprio. Même mes instituteurs. Si par mégarde pendant l'appel matinal on disait : « Frédérique Marotte », je rectifiais : « DiCaprio !!! C'est DiCaprio !!! »

Ma première évasion fut aux côtés d'une star hollywoodienne… Sauvée par le métier du regard.

Ma solution enfant a été de m'extraire de ma famille en me nommant autrement. Et pas n'importe comment.

Je refusais d'être une petite Marotte. Mes années DiCaprio m'ont entretenue dans le fantasme de venir d'un autre monde que le leur. Et m'ont prédestinée au métier d'actrice.

Être née dans cette famille était une anomalie que je prenais soin de corriger.

Me « faire un nom ». Un nom qui me soit propre. Un nom propre. J'avais besoin de nettoyer un nom sali par l'histoire de ma famille. Un nom qui soit détaché de la crasse dans laquelle nous grandissions. Acquérir une renommée pour me re-nommer.

Frédérique DiCaprio était un nom lustré par le faste et les lumières d'Hollywood.

Il était le premier jalon de l'histoire que je m'évertuais à construire.

JEAN-CHRIST

J'étais un peu… érotomane.

Comme ma mère.

Elle était tombée amoureuse d'un chanteur catholique pour ménagères esseulées : Jean-Christophe Granadda. Il avait un sourire chrétien collé aux lèvres qui m'exaspérait, porteur de cette fausse gentillesse complaisante typique des fidèles. Un crâne chauve, une couronne de cheveux noirs et une barbichette. Il portait des polos décontractés, ce que je voyais comme une vile tentative de plaire aux épouses déçues par le renoncement vestimentaire de leurs maris. J'étais médusée de voir Maman glousser à tout ce que disait Jean-Christ, comme on l'appelait, Samuel, Raphaëlle et moi.

Elle l'avait accueilli durant l'une de ses tournées, lui et son *band*. Elle nous avait emmenés à la veillée chansons et je fus consternée de voir qu'elle connaissait toutes les paroles :

« Un ami, pour inventer la route, et garder la chaleur de sa main dans ma main. »

« Si t'as pas de vélo, reste pas en solo, nous on va te trouver un super VTT ! »

« Une roue dans chaque main, en avant vers l'infini… »

Moi, je crois qu'il était homosexuel et qu'il couchait avec son bassiste. Je n'ai jamais osé le dire à ma mère, ça l'aurait tuée.

Elle s'est mise à le suivre partout durant ses tournées et à croire que son amour passionné était réciproque. Elle essayait sans cesse de l'appeler mais sa secrétaire faisait obstruction. Cela mettait Maman hors d'elle, et elle la traitait d'envoyée du diable et de suppôt de Satan. Jean-Christ menaça de porter plainte pour harcèlement.

Ma mère, pensant que le seul obstacle entre elle et Jean-Christ était Papa, finit par réclamer le divorce.

Elle chantait pendant des heures dans sa chambre, en pleurant, les yeux fermés, attendant que son amour la retrouve…

« Trouver dans ma vie ta présence
Tenir une lampe allumée
Choisir avec toi la confiance
Aimer et se savoir aimé. »

Un dimanche après-midi, lors d'un déjeuner de famille, alors que tout le monde discutait tranquillement dans le salon, je suis partie chercher un *Astrapi*.

Au retour, ma mère entrouvrit la porte de sa chambre. Elle avait fermé les volets et s'était plongée dans le noir total. Elle m'a fait signe avec son gros doigt d'ex-alpiniste.

« Viens, Frédérique.

— Non.

— Viens, Frédérique.

— Non, j'ai pas envie.

— VIENS, FRÉDÉRIQUE ! »

J'ai fini par la suivre, de mauvaise grâce.

Elle m'a alors prise sur son genou et m'a dit en pleurant :

« Tu sais, il ne faut pas que tu sois amoureuse de Leonardo DiCaprio. Moi, je suis très amoureuse de Jean-Christophe Granadda et ça me fait beaucoup de mal… ça me fait souffrir et, toi, il ne faut pas que tu souffres. »

Je suis sortie de la chambre, hébétée, me demandant si je devais me séparer de mon médaillon en forme de cœur avec la photo de Leonardo DiCaprio à l'intérieur et de mes classeurs de photos prises dans *Star Mag* et *OK Podium*…

Je ne devais pas souffrir ? Je ne comprenais plus rien. Je croyais qu'au contraire c'était là le but de l'existence terrestre : souffrir pour acheter son paradis.

IL AVAIT UNE BONNE TÊTE

Privée de Leonardo, il fallait bien que je me découvre une autre passion amoureuse pour fuir la dévoration de Maman.

Je rêvais au prince charmant qui viendrait m'extirper des rets de sa folie.

L'été de mes dix ans, j'ai fait la rencontre de Maël Cacahuète, un copain de mon frère Samuel, dans notre chalet. Et comme je tombais systématiquement amoureuse de tous les amis de mon frère, Maël n'a pas échappé à la règle. Il avait quatorze ans !

Un soir, alors que mon frère était sorti avec son amoureuse, Maël nous a invitées, ma sœur Raphaëlle et moi, à passer la soirée chez lui.

Ma mère, fascinée par ce jeune homme car excellent grimpeur, s'est empressée d'accepter pour nous et de nous déposer chez lui – une maison à moitié délabrée dans un hameau sordide au bord de la nationale, jouxtant une usine de rouge à lèvres désaffectée et une carrière de granit.

Ce soir-là, nous avons regardé *Rasta Rockett* sur le canapé du salon : « Hé Sanka ! T'es mort ? Yeah man ! »

Tout à coup, j'ai senti la main de Maël dans mon pyjama… Comme on ne m'avait pas appris à dire non, mais plutôt « prenez et mangez-en tous », je n'ai rien osé dire, je suis montée aux toilettes, j'ai fait des doubles nœuds entre le haut et le bas de mon pyjama, puis je me suis rassise à côté de lui.

Mais il a défait les nœuds.

Le lendemain, au repas, j'ai tout raconté à ma famille.

Mon père était dans l'un de ses délires habituels et n'a rien entendu. Il parlait à un mélèze.

Les autres l'ont bouclée et Maman a dit :

« Pfff ! Tu dis n'importe quoi ! Quand on n'a pas de problèmes, faut bien s'en inventer ! Donne-moi ton assiette ! »

Ma mère prenait toujours la défense des hommes.

Elle a envoyé une lettre à Maël dans laquelle elle lui a assuré qu'il n'était pour rien dans cette histoire, que rien n'était sa faute et qu'il vienne donc dîner à la maison.

Quand le jour du fameux dîner est arrivé, nous avons joué au Monopoly et j'ai passé la partie à insulter Maël :

« Enculé ! Fils de pute ! Nique ta mère ! Quand je serai grande je vais te péter ta gueeeeeeeuuuuule ! »

Résignée à n'être point défendue, pensant que l'on pouvait absolument tout me faire et ayant la sensation d'avoir été jetée en pâture à Maël, je me suis mise à croire que, si je devenais une femme, je me ferais violer par tous les hommes de la terre.

Je priais Dieu chaque soir dans mon lit :

« Seigneur, faites que je n'aie pas de seins et que je sois moche, comme ça je ne me ferai pas violer… Amen… »

Sur mon visage triste un sourire recousu
Des larmes de papier qui me roulent dessus
Je r'monte le mécanisme de mes membres brisés
Mais ils ne marchent plus, j'ai la voix déraillée

SAMOU

Mon frère Samuel a constitué l'un de mes principaux modèles masculins. Le seul homme à s'être jamais soucié de moi lorsque j'étais enfant.

L'été de mes treize ans, alors que nous étions tranquillement assis dans le jardin de notre chalet, il m'a annoncé que Maël allait passer à la maison.

Je me suis écroulée intérieurement et me suis mise à pleurer. Mon frère est parti pour revenir cinq minutes plus tard.

Il venait de dire à Maël de ne plus s'approcher de moi, de la famille et de ne plus jamais remettre les pieds au chalet. Puis il m'a serrée dans ses bras et s'est excusé de ne pas avoir compris plus tôt.

Ce jour-là, Samuel est devenu mon héros. Le seul homme à s'être interposé. Le seul à m'avoir protégée.

J'ai fait mon complexe d'Œdipe sur lui.

Plus tard, adolescente en mal de cadre et d'entourage, cherchant désespérément une direction dans ma vie, je me suis inscrite à une colonie pour jeunes chrétiens.

Cela durait cinq jours et la colonie était ponctuée de temps spirituels (« Temps Spi » dans le jargon), veillées prières et conférences de prêtres. L'objectif du camp ? « Réussir sa vie. »

La journée du milieu, appelée la « journée mouchoirs », ou plus démagogiquement la « journée espérance », consistait à se réunir en équipe de cinq adolescents et à raconter son pire traumatisme.

Le jour J, en quelques minutes, la prairie s'est vue remplie de jeunes gens en larmes, pris de crises de spasmophilie sans aucun entourage approprié, excepté un inutile curé complètement dépassé par les événements, et le père d'un des adolescents en polo rose pâle et pull noué autour des épaules qui tournait autour de nous sans savoir quoi faire, désœuvré face à tant de détresse, capable uniquement de nous jeter des regards désolés, la bouche grande ouverte d'impuissance.

C'était un véritable champ de désespoir, les jeunes se roulaient dans l'herbe en pleurant, frappant le sol, offrant leurs larmes au ciel. Nous nous bercions les uns les autres, accablant nos parents défaillants et nos vies boiteuses. Notre plainte montait vers le firmament où, nous l'espérions, Dieu nous entendrait, et nous aiderait à « réussir nos vies ».

Ce jour-là, c'est Samuel que j'ai appelé pour lui reprocher de ne pas avoir compris l'étendue de ma souffrance dans l'affaire Maël et d'avoir mis si longtemps à me protéger.

En réalité, il était bien la seule personne à qui je pouvais exprimer cette béance de mon enfance. La seule qui l'avait comprise.

Il m'a dit : « Où es-tu ? Je viens te chercher. »

Il suffisait qu'un homme soit là quelque part. Un homme pour qui je comptais.

TO BE OR NOT TO BE LA JAMBE

Parce que nous risquions de mener une vie épanouie, cette vie qu'elle n'a jamais eue, ma mère nous détestait. Nous, ses filles.

Elle était dévorée par la jalousie. Effrayée à l'idée d'être quittée. Elle a tout fait pour que nous soyons le moins autonomes possible. Que nous soyons son prolongement, sa jambe perdue.

— Je veux être ce qu'il manque à l'autre, je veux être la jambe de ma mère !

— Merveilleux !!! Magnifique !!! C'est exactement ça !!!!!! On s'arrête là !! [Cigarilloooo !]

Le jour où j'ai compris ça, j'ai acquis une conscience immense : je ne faisais que me greffer à l'autre, me clipser sur un grand corps malade, un groupe de personnes, une troupe qui me garantirait une existence non autonome, un organisme qui m'apporterait la vie.

J'étais un membre perdu cherchant son corps...

Je n'arrivais pas à avoir une existence propre et individuelle.

J'étais comme une marionnette inanimée, gisant au sol, écrasée par l'angoisse de n'appartenir à rien. Membre amputé du corps maternel. Ne sachant comment mettre mes désirs en œuvre. N'ayant même pas de désir propre.

Je suffoquais et faisais suffoquer par le poids de mes questions :

« Est-ce que tu crois que je devrais faire ce stage ? »

« Est-ce que tu crois que je devrais postuler à cette compagnie ? »

« Est-ce que tu crois que je devrais quitter cette compagnie ? »

Je m'en remettais à l'autre pour les décisions les plus importantes de ma vie, harcelant amis, frères, sœurs, leur demandant de choisir à ma place où aller, que faire, où vivre, dans quelle ville emménager, quel appartement acheter, me faisant dicter jusqu'à mes sentiments, simple prolongation de l'autre, cherchant l'assentiment perpétuel d'autrui, n'arrivant pas à m'autoriser à vivre une vie qui soit mienne.

« Tu me dégoûtes ! P'tite merde va ! P'tite pute ! »

Comme une rengaine dans ma tête qui m'accompagne à chaque instant…

Dans ma boîte à musique cela ne tourne plus
Y a qu'un son métallique depuis qu' je t'ai perdu
Je te supplie de rendre à mon cœur de poupée
Son souffle de vie j'veux plus être déglinguée

BRISE-TOUT TACHE-TOUT !

Tout isolés que nous étions, impossible de savoir vers qui me tourner.

Parce que ma mère me rejetait, j'étais absolument persuadée d'encombrer l'Autre, et ma vie s'articulait autour du fait de le délester de ma personne, convaincue que, si quelqu'un souhaitait passer un moment en ma compagnie, c'était forcément par pitié.

Ma mère, tel un chien dans un jeu de quilles, multipliait les humiliations et moments gênants qui nous valaient d'être étiquetés comme les marginaux-bizarres-antisociaux du village.

Ceux qu'il valait mieux éviter.

Avec pour objectif de nous embarquer dans son obsession de l'exclusion, ma mère se rendait insupportable, jouait ses morceaux de guitare à qui ne voulait surtout pas les entendre, trimballait son chien puant partout, même à l'église, d'où nous nous faisions mettre à la porte par le Père Porcheron : « SORTEZ !!! »

Une fois, elle est venue au collège pour un conseil de classe en robe de chambre de moumoute rose – celle des « grandes occasions », et des plus grandes hontes –, sa fausse jambe à la mousse trouée exhibée, son chien hurlant qui courait en tête.

« Maman ! Mets-le en laisse !

— Pfff je vais pas l'attacher, pauvre bête ! Il a pas choisi de naître chien ! »

La honte, toujours, de ma mère qui arrivait en guenilles.

Tenait la jambe au tout-venant.

Imitait la marmotte dans les lieux publics.

« HI HI HI HI HI HI HI !

— Mais Mamaaaaannnn ! Tout le monde nous regarde ! »

Très jeune, j'ai accompli un rêve : j'ai intégré la troupe mythique du Théâtre du Soleil. J'étais tirée d'affaire ! Ariane Mnouchkine me prenait sous son aile. J'apprendrais le métier auquel les névroses maternelles m'avaient toujours destinée, j'allais faire le tour du monde et tourner la page d'une famille sur la touche. C'était compter sans les intrusions de ma mère dans cette nouvelle vie : elle assistait à tous mes spectacles et écrivait des lettres à Ariane pour lui donner des conseils de mise en scène, ou, mieux, lui demander de monter le spectacle paroissial de l'une de ses connaissances, déboulait dans les loges pour parler à sa fille et finissait inévitablement au bar du théâtre pour récupérer des os pour son chien :

« Vous me les mettrez dans une petite boîte ? »

J'assistais à tout cela, impuissante et rouge de honte, fulminant d'être à nouveau projetée dans un passé que je souhaitais révolu.

« Tu sais, ma Frédérique. Elle est extraordinaire, ta mère.

— Ariane, vous ne croyez pas si bien dire ! »

Elle s'acharnait à minutieusement détruire tout ce que je m'échinais à construire. Venant me rappeler d'où je venais. Que je lui appartenais. J'étais mortifiée en la voyant saper mes efforts démesurés pour m'éloigner de l'avenir tragique qu'elle me destinait.

« Tu brises tout ce que tu touches ! Brise-tout tache-tout ! »

Ma mère nous assénait cette phrase à tout bout de champ. Sans doute car elle l'avait elle-même entendue toute son enfance. Car sa mère les appelait elle et sa sœur : Catastrophe et Papillon. Anne-Marie la bonne sœur, qui s'était engagée au couvent des bénédictines. Et Marie-Madeleine, la mauvaise sœur. Qui portait le nom de la prostituée dans la Bible.

« Tu brises tout ce que tu touches ! » Comme un précepte. Une malédiction.

MOT-DIRE

Pendant des années j'ai cru être maudite. Poursuivie par la malédiction maternelle. Loin de vouloir notre bonheur, ma mère aurait certainement préféré avoir une fille handicapée dont elle aurait dû s'occuper jusqu'à la fin de ses jours. Quelqu'un sous la main dont le destin aurait été pire que le sien. J'étais maudite. Convaincue que tout allait forcément finir par mal se passer... Je finirais dans la rue, faisant la manche, dormant sous une pile de cartons. J'allais nécessairement échouer dans toutes mes entreprises. J'ai couru, couru, couru après un avenir autre, construisant avec acharnement les marches qui m'éloigneraient de ce destin sordide, allant si vite avec aux trousses la menace de l'échec, du « il est trop tard ! », la terreur de gâcher ma vie et de ne pas saisir ma chance.

Je regardais la liste de tout ce que je n'avais pas encore accompli comme une humiliation. J'avais honte de n'être encore personne. Honte d'être un objet non identifiable. J'étais mortifiée par mon anonymat. Je me souviens de ces soirées d'avant-premières de films, de rencontres professionnelles, de festivals où je me forçais à aller pour développer mon réseau. Je restais dans un coin, persuadée que tout le monde me regardait en se disant : « Mais qui est cette pauv' fille ? »

POUPOUTE

Je me suis souvent demandé pourquoi j'étais devenue comédienne, alors que le regard de l'autre avait été pour moi si difficile à supporter.

Le regard de Dieu, le regard des morts, le regard intrusif de ma mère. Peut-être étais-je résignée à m'offrir en pâture. J'étais si habituée à mettre en scène ma vie pour convenir à ce que j'imaginais que Dieu attendait, ou bien pour faire diversion, que je ne savais plus rien faire d'autre.

Ou peut-être que je tenais ça de mon père...

Mon père était un indécrottable menteur. Loin d'être la victime pour laquelle il se faisait passer, nous avons fini par comprendre qu'il a toute sa vie joué la comédie pour qu'on lui foute la paix. Étant un homme surdoué, il avait obtenu un poste haut placé dans une entreprise d'informatique où il concevait des logiciels de gestion et comptabilité.

Ce statut de concepteur de logiciels lui convenait parfaitement. C'était un travail laborieux et solitaire qui ne le bousculait pas dans son incapacité à se mêler aux autres. Il ne supportait pas les responsabilités écrasantes et, surtout, il craignait de devoir diriger une équipe.

Mais un beau jour, il a été promu chef de groupe. Avec cette nomination a alors commencé un long calvaire. Son handicap relationnel rendait la tâche impossible. Ses angoisses en furent démultipliées.

En tout bon homme-enfant qu'il était, il s'est mis à se faire porter pâle de plus en plus souvent pour échapper au joug des obligations professionnelles.

Parfois le matin, il se traînait jusqu'au téléphone, tenant son bas de pyjama sans élastique pour qu'il ne tombe pas. Appelait sa secrétaire d'un ton mourant puis, le combiné reposé, se précipitait dans sa chambre en gambadant pour jouer du piano en se congratulant à voix haute : « Paulo Paulo Paulo ! Tudû ! Tudû ! Tudû ! », ignorant les bruits que faisait ma mère sur le bas de la porte, en passant la serpillière, pour tenter désespérément d'attirer un regard.

Mon père était souvent absent.

Prétextant des nocturnes au bureau, il allait jouer de l'orgue à l'église. Puis à 21 heures, il rentrait, nous posait l'un de ses mythiques bisous baveux sur le front et allait ensuite s'enfermer dans son antre pour travailler ses morceaux.

Quand mon père était là, c'était pour parler de lui pendant des heures et des heures. Il s'asseyait dans un coin sombre de la pièce en soupirant :

« Si tu savais... Si tu savais... Ah, si tu savais... »

La règle, à ce moment-là, c'était de lui dire :

« Quoi, Papa ? Si je savais quoi, Papa ? Tu as souffert, Papa ? Pauvre Papa ! »

Alors il se répandait sur son enfance malheureuse et versait des larmes de crocodile, nous jetant des œillades à la dérobée, vérifiant bien l'effet de sa comédie sur nous :

« Frédérique, ma mère m'accrochait à un piquet ! »

« Oh ! Frédérique, ma mère m'a envoyé en pension dès l'âge de sept ans ! »

Parfois, quand je ne faisais pas attention à lui, il se touchait le pouls à la manière d'un grand tragédien, les yeux écarquillés d'une angoisse feinte.

« Frédérique ! Je serai plus là à Noël.

— Oh ! arrête de me faire chier ! Si t'avais dû crever, quinze ans que tu serais plus là à Noël ! »

Quand Papa était démasqué lors de ses petits solos de mensonges, il boudait comme un bébé, en hochant la tête, l'air de dire « petite ingrate ! », me culpabilisant de n'être pas la réponse à son mal-être perpétuel.

Un jour que je regardais l'émission *Pour être libre*, programme dont j'étais très férue, mettant en scène les 2be3, il s'est assis dans le fauteuil vert au coin du salon, et il a commencé :

« Si tu savais… Si tu savais… Aaah, si tu savais… »

Cette fois-là je suis restée les yeux résolument fixés sur l'écran en me disant : « Il va bien finir par se casser !! »

Il a fini par se lever en me traitant de « petite garce », quolibet qui m'était particulièrement réservé, ayant toujours préféré être honnie de mes parents plutôt que de m'encombrer de leurs pesantes litanies.

Ce jour-là, l'écran m'a sauvée !

Il valait décidément mieux que Papa soit absent, sa présence nous apportant bien peu. Nous faisions corps avec ma mère, mon père étant pour nous une sorte d'excroissance lointaine de la famille. Il n'en faisait pas vraiment partie.

Mes parents n'ont jamais tellement formé un couple.

Ils ont toujours dormi en chambres séparées : ma mère ronflait comme un tracteur et mon père était absolument incapable de souffrir une quelconque intrusion dans son espace personnel.

Mais je pense que la vraie raison de son éloignement perpétuel est qu'il ne supportait pas le corps de ma mère. Le sempiternel miroir de l'accident.

Le corps du crime.

Il ne s'est jamais pardonné d'avoir entraîné sa femme dans sa chute. De l'avoir précipitée dans l'abîme du handicap.

Alors, plutôt que d'affronter le réel, il a choisi l'absence.

QUEL SALE TYPE

Ma mère et mon père.

Deux êtres séparés à jamais par une jambe en mousse.

Incapables de se rejoindre en passant au-dessus de la tragédie de la jambe de bois.

Mon père n'a pas pu rester assister aux ruines fumantes de son mariage.

Écrasé par le concret de leur vie devenue une hécatombe : le cimetière de ses fils et de ses rêves de jeunesse, broyé par la culpabilité de l'accident car premier de cordée, il multipliait les excuses pour échapper aux devoirs paternels.

Pour pouvoir s'enfuir il donnait à ma mère la seule chose qu'il était capable de lui offrir : un enfant. Un être de complément. Un être remplissant. La faisant pour neuf mois oublier son incomplétude et les montagnes qu'elle ne gravirait jamais plus.

Mon père l'engrossait dès que possible pour avoir la paix et se dédier à la seule chose qui l'intéressait véritablement : lui-même.

Je le haïssais, car je le tenais pour responsable du malheur de ma mère.

Nous passions, Raphaëlle et moi, leurs moult disputes accrochées aux nippes de ma mère, hurlantes et pleurantes, accumulant la haine de l'homme dès l'âge de cinq ans, situant déjà le mâle à l'endroit de la fabrique de la déception, du défaillant.

Il faut dire que sa présence ne redorait pas vraiment son image de père.

Comme ces matins où tout à coup il avait peur d'être en retard au travail et où il se mettait à crier en se tapant la tête contre les murs :

« Je vais rater mon train ! Je vais rater mon train ! »

Dans ces moments-là, je m'entraînais à ne surtout pas le regarder, restant immobile, faisant comme si de rien n'était, par peur de voir se retourner contre moi ces éruptions de violence.

Mon père a forgé l'idée de la dangerosité de l'homme. Celui qui peut exploser à tout moment.

Celui qui brise les rêves.

L'homme boulet.

Le caillou dans la botte.

Un soir, avec ma sœur, nous avons décidé de nous venger, inconsciemment mandatées par la rancœur maternelle, ayant choisi d'être les alliées de « Maman la victime ».

Nous avons pénétré dans la chambre-sanctuaire de Papa, déplacé le tabouret du piano, grimpé dessus et nous nous sommes saisies de ses partitions préférées, certainement ses *Nocturnes* de Chopin.

Nous nous en sommes donné à cœur joie en les déchirant dans une tempête de notes, jubilant à l'idée de détruire l'objet chéri de notre père.

En pleine jouissance vengeresse, nous avons entendu notre père rentrer. Il était temps de déguerpir ! Il s'est jeté à nos trousses, nous courant après pour nous donner des coups de balai.

Au moins, cette crise-là était méritée !

NOUS, LES HOMMES

Il ne devait pas être simple pour un homme de trouver sa place dans notre famille.

Un jour, un petit ami d'une de mes grandes sœurs nous a dit : « J'ai l'impression d'être en vacances au MLF ! »

Ma mère plaçait l'homme au-dessus de tout, mais l'accablait pourtant de son mépris perpétuel.

L'homme était le poids mort au bout de la corde et, malgré tout, celui qui l'arrimait à l'existence.

Elle ne supportait pas sa présence, mais encore moins son absence, articulant sa survie dans la torture quotidienne de l'homme, l'*intrusant*, le harcelant, le vilipendant.

Ma mère avait de qui tenir.

Ma grand-mère maternelle détestait mon père, à qui elle n'a jamais pardonné l'accident.

Elle disait de lui qu'il avait les yeux vides.

Mamie égrenait son chapelet de méchancetés en brodant, recousant ou en faisant des confitures, image d'Épinal de la parfaite grand-mère, femme en deux dimensions refoulant ses désirs inavoués et se vengeant sur son entourage, répétant d'un air conspirateur : « Tu ne sais pas tout. »

De l'autre côté, il y avait la mère de mon père, Bonne-Maman, véritable armoire à glace dépositaire de la tradition des familles bourgeoises militaires et qui a résumé la position des femmes de la famille par cette phrase devenue mythique : « Nous, les hommes ! »

Mon père aurait rêvé de faire une carrière de pianiste. C'était l'un des plus grands interprètes de Chopin que j'aie jamais entendus. Mais Bonne-Maman le lui avait interdit : « Y a que des pédés dans la musique ! »

Mes deux grands-pères étaient tout bonnement inexistants.

Le père de mon père était un capitaine mort lors d'une de ses permissions durant la der des ders. Il était allé faire une course dans la Meije et a été emporté par une avalanche. La veuve éplorée s'est consolée comme elle a pu, entre ses quatre enfants, dont mon père qu'elle n'aimait pas – ou plutôt qu'elle ne comprenait pas –, et l'adoration qu'elle vouait à son propre père, un général champion du monde de saut à cheval : le général Frousse.

NOUS LES HOMMES!
oui Bonne-Maman!
ma grand-mère.
(le monstre)
moi.

Cette grand-mère-là offrait au moins un autre idéal aux femmes de la famille : celui d'être un homme, et ce faisant de s'extirper des pots de confiture et autres aiguilles à tricoter.

Le père de ma mère, Bon-Papa, était lui aussi une image d'homme plus qu'un homme. Il était aiguilleur à la SNCF. Durant son temps libre il aimait à raconter des histoires drôles en ne riant pas du tout, faire de la montagne et tenir ses comptes de façon maniaque, répertoriant la moindre baguette de pain de son écriture fine et penchée. Il est mort avant ma naissance.

Mes deux grands-mères se haïssaient cordialement.

Mamie, la mère de ma mère, appelait ma grand-mère paternelle « le Monstre », et cette dernière l'appelait « la Petite Ruine ».

Et Mamie de nous dire à nous, ses petites-filles :

« Ah ! T'as les jambes du Monstre ! »

Si bien que je croyais en être un. Un satyre aux pattes de bouc.

Dans la famille, on avait une conception bien précise de la beauté, ma tante Anne-Marie par exemple :

« Oh bah non, t'es pas belle ! C'est pas ça, la beauté ! T'as pas les traits fins ! Ta sœur elle, elle est belle. Pas toi. »

Avant de partir de son rire caractéristique en voix de tête.

Toutes ces furies ne rataient pas une messe mais étaient bien loin d'appliquer une once de charité chrétienne à domicile, assurant leur aller simple au paradis en se privant de tout moment agréable, mais éructant leurs petits geysers de frustration sur autrui, c'est-à-dire nous, les enfants.

Toutes ces bigotes étaient les êtres les plus violents que j'aie rencontrés.

GÉNÉRAL MAROTTE !

Mon père était incapable d'organiser sa vie quotidienne. Il ne savait pas laver une tomate et était inapte à réaliser la plus petite omelette. Le geste le plus simple était une source d'angoisse.

Pour pondérer cette anxiété lui ôtant toute autonomie, il avait besoin d'un cadre.

Son année de service militaire restait un souvenir jubilatoire pour lui. Il avait adoré appliquer les ordres, boutonné jusqu'au menton dans son costume militaire dont il était si fier.

Sa mère étant passionnée du monde des armées, il avait toujours rêvé d'intégrer l'École spéciale militaire de Saint-Cyr. Il avait échoué au concours car il était si stressé qu'il avait passé ses révisions sous amphétamines.

Épuisé, il avait fini par s'endormir dans la piscine durant les épreuves de natation.

Il avait été recalé à cause de ce somme aquatique et de son niveau terrible en anglais.

Son frère Charles, lui, avait réussi Saint-Cyr tandis que mon père n'avait obtenu que Supaéro.

Il a porté cette humiliation et cette rancœur toute sa vie, vert de jalousie envers ce frère qu'il mettait aux nues, et qu'il ne cessait de présenter ainsi : « Mon frère, le général Marotte ! Général Charles ! », remplissant immédiatement ses yeux de larmes honteuses. Ce frère qu'il haïssait et adulait parce qu'il avait la vie qu'il aurait aimé avoir.

Son obsession du cadre commençait par ses vêtements : je ne l'ai jamais vu qu'en chemise. Été comme hiver, il était quasiment en costume trois-pièces, le comble du laisser-aller consistant à ne pas mettre de cravate pour aller randonner.

Il fallait que mon père classe, étiquette : il nous avait à chacun donné un nom de montagne. C'était sa manière à lui de nous organiser.

Par ordre décroissant : Joëlle était le mont Blanc, Gabrielle le dôme du Goûter, Angélique le mont Maudit, Matthieu le mont Blanc du Tacul, Samuel l'aiguille du Midi, Raphaëlle celle du Peigne et moi, la dent du Géant.

Ma mère était l'aiguille Verte, sublime cime solitaire parmi les aiguilles de Chamonix.

DIAPOSITIVE
KODACHROME
TRAITÉ EN FRANCE
PAR
Kodak

IL EST NÉ, LE DIVIN ENFANT !

Dans cette famille, on ne savait pas bien quoi faire avec l'enfance, la douceur et la dose d'imaginaire que cela exigeait.

Ma mère était avec l'âge tendre comme un poisson avec une pomme. Loin de nous bercer de rêves et d'histoires, elle nous rappelait constamment au concret d'une vie dévote, et appliquait les préceptes d'une existence sans excès.

Elle n'a jamais acheté un sapin de Noël. C'était « un gâchis écologique ». Elle allait dans le jardin couper deux ou trois branches de thuya dont elle encadrait la crèche, fabriquée par mon grand-père.

Chaque année, nous adorions, ma sœur et moi, repeindre les santons de plâtre… Et c'était la guerre pour savoir laquelle de nous deux irait placer Jésus au centre de la crèche, à minuit, ce pieux plaisir nous étant accordé.

Noël, ce n'était pas le Père Noël et les cadeaux aux enfants, c'était l'anniversaire de Jésus. Et les cadeaux que nous recevions étaient là pour le célébrer.

J'étais affolée à l'idée que Jésus débarque à minuit et me vole tous mes cadeaux. J'étais une fois de plus privée de tout, et nous retombions dans l'idéal catholique de ne rien posséder.

Nous restions légers comme des plumes pour pouvoir voleter jusqu'au paradis sans la moindre entrave matérielle.

Il me fallait ouvrir mes cadeaux avant minuit, donc. Avant que Jésus ne déboule ! Et je ne comprenais pas ce qu'il allait bien pouvoir foutre d'un manoir Barbie là-haut, dans le ciel.

C'était un type pourri gâté resté bloqué en enfance et qui amassait tous nos jouets pour n'en rien faire du tout et les laisser disparaître sous un amas de poussière céleste.

Il avait juste le plaisir de nous priver. Et ma mère était d'accord pour le laisser embarquer nos cadeaux. Je la voyais comme un collabo à la botte du dictateur Jésus, le sale gosse racho !

CHEZ JÉSUS

Je haïssais Jésus qui, non content de monopoliser toute l'affection maternelle, perpétuait son injustice en volant mes cadeaux, m'espionnait sous la douche et, pour couronner le tout, nous obligeait à venir le visiter à la messe deux fois par semaine !

On s'emmerdait chez lui, et je trouvais cela injuste que, parce que chez lui c'était chiant comme la mort, on doive venir le voir autant et aussi nombreux ! Alors pour me distraire j'imaginais des histoires avec les personnages des vitraux. Je prenais les carnets de chants et j'inventais de nouveaux airs, de nouvelles paroles…

« Mon Dieu, Tu es grand Tu es beau
Dieu vivant Dieu très-haut
Tu es le Dieu d'amour
Dieu présent en toute création »

Devenait :

« Mon vieux, pas fringant pas bien beau,
Dieu qu'❜t'es chiant reste là-haut,
Là-haut pour toujooouuurs,
Avec ton Papa le vieux croûtooonnn… »

Mais j'étais toujours sortie de ma rêverie par ma mère qui chantait de sa voix de fausset au premier rang.

J'étais morte de honte en l'entendant hurler ses fausses notes et se faire jeter par le Père Porcheron parce qu'elle voulait tout le temps animer la messe, lire les textes et chanter les chants de Jean-Christophe Granadda à la guitare.

« J'ai joué de la flûte sur la place du marché… Mais personne avec moi n'a voulu danser !! »

Ma mère jouissait d'être rejetée, et nous ses rejetons étions par ricochet rejetés tout autant. Et nous voilà, les sept marmots en guenilles tentant de trouver notre place dans le monde en étant persuadés que nous n'avions rien à y faire… Que, partout où nous irions, on nous hurlerait : « SOOOORTEEEEZ !!! »

LE PAUVRE, IL A PAS CHOISI DE NAÎTRE PAUVRE

L'idéal de ma mère aurait été je crois d'être clocharde, ou en tout cas martyre de la société. Un tas de haillons faisant la manche à la sortie de la messe, repoussée du pied par le badaud.

Ne supportant pas d'avoir, elle se délestait de tout.

Elle multipliait les dons à toutes les ONG possibles et imaginables, convaincue qu'il était odieux que nous possédions quoi que ce soit, quand il y avait tant de miséreux dans le monde qui n'avaient rien.

Elle passait des repas entiers à nous raconter les plus sordides histoires de famine, d'enfants mutilés, de femmes excisées.

Si par hasard nous vivions un moment gai, elle nous décochait automatiquement une aventure à la Tim Guénard, enfant battu par ses parents et contraint à dormir à l'étable, parmi les bêtes.

« C'est vraiment incroyable qu'il s'en soit sorti… grâce à Dieu tu vois, grâce à la prière il a pardonné… »

Pour mes étrennes, ma mère m'offrait un pyjama et ma grand-mère m'envoyait un billet de cinquante francs.

Une année, j'ai décidé avec cet argent de m'acheter un CD deux titres des So What.

« Uh, oh ! We're in trouble ! On n'veut plus même en songe avaler tes mensonges ! Uh, oh ! »

Ma mère a refusé que je dilapide mon argent à des fins aussi futiles, uniquement axées sur mon « petit plaisir égoïste de gamine de onze ans ! ».

J'ai finalement réussi à négocier l'achat de mon CD, qui valait vingt-cinq francs, à condition de donner les vingt-cinq francs restants aux pauvres.

Il m'en coûtait tellement de me laisser une fois de plus dépouiller que je perdis les cinquante francs à Mammouth.

— Mais quel bel acte manqué !!! [Cigarillo !]

J'ai vu une petite fille arriver vers sa mère avec un billet de cinquante francs qu'elle venait de trouver par terre. Je n'ai rien dit, préférant que ce soit elle qui dispose de mon argent, plutôt qu'un pauvre quelconque qui, comme Jésus, me piquait une fois de plus mes affaires.

Je trouvais répugnante cette commisération complaisante qui faisait parfois davantage tomber ma mère dans un racisme primaire plutôt que dans cette charité chrétienne dont elle se targuait. « Le pauvre, il a pas choisi de naître africain… »

Ma mère était l'héritière d'une sorte de racisme post-colonial bienveillant. Au supermarché, il lui arrivait d'aller demander conseil :

« Monsieur, est-ce que vous pourriez me choisir un ananas bien mûr, s'il vous plaît ?

— Pardon, madame ?

— Eh bien oui, comme ça vient de chez vous, vous vous y connaissez mieux que moi, non ?

— Mais, madame, je suis français !

— Enfin oui, mais vous êtes noir, et les ananas viennent d'Afrique. »

Ma mère faussement vexée, jouissant comme toujours de son rejet, claudiquait en poussant son caddie.

« Je comprends pas pourquoi ce monsieur s'est vexé ! C'est pénible à la fin. On peut plus rien leur dire ! C'est vrai qu'il s'y connaît forcément mieux que moi… en ananas ! »

Maman, ou la tentative d'humiliation perpétuelle. La mise en scène du rejet. La Sabine de Rome du XXe siècle.

— Votre mère, c'est vraiment la sainte qui boit dans le bol d'eau des lépreux ! [Cigarillo !]

Boire dans le bol d'eau, oui, mais seulement si elle était vue en train de le boire.

La scénarisation de l'exclusion.

C'est un étrange mode de jouissance que d'être l'artisan de son malheur. C'était plus fort qu'elle.

Elle en souffrait mais ne pouvait pas faire autrement que de se faire mettre à la porte.

Elle se raccrochait à ses enfants comme une naufragée à son radeau.

Nous étions le piton de sa survie, le parapet contre sa chute définitive dans les abysses de la folie.

L'exercice de sa perversion à notre encontre la protégeait d'avoir à se regarder elle-même. Nous étions la diversion de l'horreur qu'elle s'inspirait.

« T'es pas capable d'aimer. »

Une de ces phrases qui ont rythmé mon enfance, qu'elle m'adressait à tout moment pour tenter d'oublier que c'était elle qui n'était pas capable d'aimer. Trop meurtrie par sa jambe perdue et ses fils disparus.

L'AMOUR DE PAPA ET MAMAN

« Samuel !! Roh zut !! Rocco !! »

Ma mère hélait ainsi son chien, se trompant systématiquement entre le prénom de son dernier fils et celui du chien, accompagnant cela de son sifflement caractéristique.

Ma mère aimait ses fils.

Matthieu et Samuel avaient un bien meilleur statut que ses filles, à savoir un statut de chien. Elle les estimait autant que son chien, ce qui n'est pas peu dire !

Les pauvres, ils pouvaient beaucoup plus difficilement que nous échapper au regard maternel.

Mon père, lui, aimait particulièrement mon frère Samuel, qu'il appelait « l'Enfant » et qu'il gratifiait de visites quotidiennes dans sa chambre. Il avait pour habitude de faire ses entraînements de karaté contre les portes de l'armoire de son fils :

« Mawashi ! Mawashi ! Uraken ! Uraken ! »

Les portes étaient complètement défoncées et mon frère restait tétanisé sur son lit, attendant que la complicité masculine passe.

Je crois que mon père nous aimait aussi. Il nous faisait continuellement ses horribles bisous mouillés sur le front, prenait nos deux têtes, à Raphaëlle et moi, les cognait l'une contre l'autre et disait :

« Mes petites boules de pain chaud ! »

D'entre nous tous, Raphaëlle était sa préférée.

Il avait dans sa chambre une panoplie de cruches en métal disposées en ligne et par ordre décroissant, représentant chacun des enfants. La seule qui n'était pas figurée par une cruche était Raphaëlle. À sa place, il y avait un angelot en verre.

Chez lui, il y avait un autel dédié aux photographies de Raphaëlle et de pianos, et un autel fourre-tout avec nous autres.

L'année de mes onze ans, alors que nous étions en vacances, j'ai gagné un couteau suisse miniature à la pêche à la ligne de la fête au village du 15 août.

Le soir, de retour au chalet, alors que ma mère préparait le dîner, comme d'habitude, et que mon père ne foutait rien, comme d'habitude, je coupais tranquillement des petits carrés de mie de pain avec ma nouvelle acquisition.

Ma sœur Raphaëlle était assise au bout de la table, à un mètre de moi.

Soudain, mon père s'est mis à hurler :

« Tu vas lui crever les yeux ! Tu vas lui crever les yeux ! »

Et s'est jeté sur mon petit couteau, me l'a arraché des mains.

« Sale connard ! »

J'étais une petite fille assez colérique, les mots allaient souvent plus vite que ma pensée. Sorte de résistance désespérée aux agressions parentales. Ils s'échappaient de ma bouche sans aucune conscience des conséquences.

C'est alors que mon père s'est saisi d'un véritable couteau à pain cranté et m'a couru après dans notre minuscule chalet.

Je me suis réfugiée dans mon lit et j'ai tenté de me défendre avec le rideau, pour que Papa ne puisse pas me planter le couteau, il essayait de l'écarter, écumant et hurlant, et ma mère tentait de l'en empêcher, accrochée à son bras en criant : « Paaauuul ! Paaauuul ! »

Il a alors été décidé qu'il ne dormirait plus avec nous, que décidément ça le rendait fou toute cette marmaille ! Et que dorénavant il se prendrait une chambre au village durant la seule semaine de vacances qu'il consentait à passer avec sa famille.

Le reste du temps, il partait soliloquer dans un hôtel de luxe au bord du lac Léman, nous laissant, ma mère et ses sept enfants, entassés dans les 36 mètres carrés du chalet.

« Paulo Paulo ! Flagada ! Le grand chelem ! C'est un bûcheron qui se fend la gueule parce qu'il a la gueule de bois ! Hahahaha ! Paulo ! Général Marotte ! »

PAPA TOXICO

Mon père était pour ainsi dire toxicomane. Il ne pouvait s'endormir sans son Valium et, dans ses poches, antidépresseurs et divers cachetons côtoyaient Tic Tac et Cachou, qu'il s'enfilait en douce, comme un enfant cacherait ses billes dans la cour de récréation. Ses crises de violence étaient aggravées par son addiction au Prozac, dont, je l'appris plus tard, c'était l'un des effets secondaires.

Englué dans son mal-être, mon père passa sa vie à tenter de s'en extirper, se débattant comme un pauvre diable dans la marée de ses psychoses. Je pense qu'il était « paraphrène » : une sorte de mélange entre paranoïaque et schizophrène.

Sa quête du bonheur à laquelle il consacra sa vie le mena sur bien des routes…

Il passait des semaines dans des groupes de développement personnel PRH – Personnalité et relations humaines. Ou encore en Rebirth, thérapie à l'occasion de laquelle il a notamment eu le loisir de revivre sa naissance en passant à travers un gros tuyau, ou encore de marcher sur des braises pour entrer en contact avec sa souffrance. Lorsqu'il raconta cela à ma sœur Angélique, elle lui rétorqua qu'il n'avait pas vraiment besoin de ça pour être en contact avec sa souffrance. Il avait éclaté de rire et arrêté le Rebirth.

Il était prêt à tout pour aller mieux, mais cette entreprise restait résolument solitaire et totalement détachée de sa famille. Les milliers d'ouvrages de développement personnel qu'il dévorait et annotait n'étaient pas tant destinés à améliorer la vie du foyer et son rôle de père, qu'à lui faire supporter le poids de l'existence et à lui donner le sentiment d'être dans une dynamique autocentrée de changement.

Il avait des tiroirs entiers remplis de dizaines de cahiers contenant des notes de ses sessions de thérapie, des schémas à bulles et à flèches détaillant le fonctionnement pathogène à éliminer et la marche à suivre pour évoluer.

Mon père était en contact avec ses vies antérieures et expliquait les conflits qu'il avait avec ses enfants par des résurgences de ses diverses incarnations.

Isa Rafouk!
Marie-Fré!

Par exemple, s'il s'entendait mal avec ma sœur Joëlle, c'était parce que, au Moyen Âge, ils étaient deux chevaliers courtisant la même femme. Pour gagner son amour, ils s'étaient affrontés en combat singulier. Le chevalier Joëlle avait terrassé le chevalier Papa en lui plantant sa lance à travers l'épaule gauche (cela expliquait aussi une douleur récurrente qu'il ressentait à l'omoplate).

Papa justifiait notre relation compliquée à tous les deux par le fait que nous étions sous Louis XVI tous deux propriétaires de merceries concurrentes. La courte période où nos relations s'étaient améliorées, il avait finalement décidé que c'était Joëlle la propriétaire de l'autre mercerie. Moi, j'étais devenue la mère de mon père, qui était alors une petite fille.

Mon père appartenait aussi à un groupe spirituel : la Fraternité blanche. Ses disciples adoraient le maître Aïvanhov, un gourou qui régnait sur un trône, en robe blanche, barbe blanche, un sceptre lumineux dans la main gauche. Selon l'idéologie de ce groupe, il savait exactement combien d'âmes attendaient leur incarnation sur terre en rôdant autour de nous, et combien patientaient dans la salle d'attente de l'univers.

Papa m'expliqua un jour qu'il aimait faire sa méditation matinale devant le champ de tournesols de la communauté, car en méditant il voyait nos deux têtes, à Raphaëlle et moi, s'agiter au gré du vent, au cœur des tournesols...

— Ah oui ! Quand même ! [Cigarillo !]

J'écoutais tout cela d'une oreille en me disant que, un jour, ça ferait sûrement une bonne histoire à raconter.

DÉSAGRÉGATION

L'annonce du divorce de mes parents a été pour moi un soulagement.

Les murs allaient enfin cesser de vibrer au son de leurs incessantes querelles. Tout est allé très vite, aussitôt dit aussitôt fait, c'était comme si Papa ôtait une chaussure trop petite. Il déménagea dans un appartement bourgeois à Neuilly-sur-Seine, et Maman, Samuel, Raphaëlle et moi quittâmes notre belle maison en meulière de Taverny pour emménager dans un horrible village du 91, au fond d'un lotissement où toutes les maisons étaient identiques. Il fallait prendre un autobus pour aller au collège, et la gare la plus proche était à six kilomètres. Je perdis une autonomie considérable et découvris la vie étriquée d'une bourgade où tout se savait, où tous se jugeaient, et dès notre arrivée tous les voisins nous détestèrent évidemment à cause de Rocco.

C'est au divorce que la situation s'est définitivement dégradée. À la maison, les insultes se sont faites plus vulgaires, les vêtements furent plus rapiécés que jamais et, sur la porte du garage, Maman accrochait des affiches pour des récitals de reprises des chansons de Jean-Christophe Granadda qu'elle donnait à l'église du village. Elle n'était plus protégée par la façade d'une famille bourgeoise, il n'y avait plus d'apparences à sauver, la décadence s'est accélérée.

Un week-end par mois, nous allions, Raphaëlle et moi, chez notre père. Le samedi, nous goûtions chez lui (des financiers Lenôtre), le soir nous allions au cinéma, le dimanche midi au restaurant libanais avec ma sœur Gabrielle avant d'aller au théâtre, découvrir la dernière pièce de boulevard à la mode. L'été, Papa nous emmenait une semaine en vacances aux Arcs 1800, ou encore dans le Vercors.

Je détestais ces moments. Ne sachant quoi lui dire et ne supportant plus ses monologues solitaires, je passais les vacances à tenter de fuir mon père en le convainquant de m'inscrire à toutes les activités possibles, comme du canyoning, du rafting, de l'escalade, tout étant bon pour lui échapper, et profiter du niveau de vie de mon père resté relativement bourgeois. Lui faire cracher un peu d'argent. Le faire payer. D'avoir toujours gardé son confort pour lui, d'avoir laissé Maman se débrouiller avec une jambe et sept enfants.

À la fin de la semaine, prenant soudain la mesure du peu de temps que j'avais véritablement passé avec lui, je me tordais les entrailles de culpabilité pour la semaine suivante.

MAIS QU'EST-CE QUE VOUS AVEZ À VOUS ENTOURER DE FOLLES ?

Dans la famille, il valait mieux s'éloigner des femmes.

L'idée d'être une femme me terrifiait : ma féminité avait déclenché le courroux maternel.

Je m'étais résignée à m'entourer de femmes exigeantes, castratrices, dont je pensais que je devais exaucer les volontés.

Je m'effaçais derrière des amies narcissiques auxquelles je vouais toute ma fascination.

J'étais un débris face à l'archétype de la beauté. Pan face à sa muse. Une petite ogresse face au divin.

J'étais absolument terrorisée par les femmes. J'avais peur de leur colère. Je vivais dans l'illusion que, si j'accédais à leurs volontés, elles finiraient par se tarir. Or, la demande de ces femmes est intarissable, j'ai fini par le comprendre.

Une nuit, j'ai fait un rêve : j'accouchais d'une grosse paire d'yeux qui me fixaient. Je les prenais dans ma main, et je les arrosais. J'ai fini par les diluer et les gros yeux sont tombés au sol, mécontents.

— Magnifique ! Vous avez accouché de votre peur des femmes !

— Hein ?

— Mais oui ! On dit ça, non ? Faire les gros yeux ! Vous avez accouché de votre terreur que la femme vous fasse les gros yeux ! [Cigarillo !]

En psychanalyse, on dit que l'on se libère du symptôme en le mettant hors de soi. Hors de son corps. J'ai mis hors de moi la peur de la femme. Démystifié le féminin. La fiction du pouvoir de la méchanceté des femmes.

Durant des années, j'ai évité d'obtenir un rôle important au théâtre. Je faisais tout pour n'être pas trop visible.

Rendre une femme jalouse par ce que j'avais m'angoissait.
Je m'échinais à ne pas être trop enviable, à n'avoir rien qui attise une quelconque convoitise.
J'avais peur de la médisance.

— Je voudrais que tout le monde m'aime...
— Hahaha ! Bon courage !!! [Cigarillo !]

Je pense que ma mère nous détestait, nous ses filles, car elle voulait être la seule femme. Je la voyais parfois glousser avec des voisins, des messieurs au marché, les petits copains que mes sœurs lui présentaient, elle était avec eux tout sourires tout en racontant des horreurs sur nous, à croire qu'elle voulait écarter ses concurrentes.

GABELLE ET ANGELETTE

Heureusement, il y avait mes grandes sœurs, Gabrielle et Angélique.

Ma sœur Gabrielle a quitté la maison peu après ma naissance mais, torturée à l'idée de nous laisser entre les griffes de notre mère, elle revenait passer tous ses week-ends avec nous.

Elle a été un substitut maternel fondamental pour Raphaëlle et moi.

Elle nous faisait de petites tresses avec des élastiques à fleurs qui me ravissaient, nous faisait prendre des bains dans de l'eau propre et écrivait nos noms au fond de la baignoire avec du bain moussant coloré.

Sa chambre était pour moi le temple de la féminité. Aux murs étaient accrochés de multiples cintres contenant une incroyable collection de boucles d'oreilles de toutes les couleurs. J'étais fascinée par les dizaines de colliers pendus aux poignées de portes et de fenêtres, par la housse de couette et les oreillers roses à fleurs, et les innombrables bouteilles de parfum. Elle avait des trousses entières de maquillage, et je la regardais appliquer avec un savoir-faire inouï les multiples couches de fond de teint, de fard à paupières, de mascara, de fard à joues.

Avec ma sœur j'avais le droit d'être une petite fille. Je n'avais plus à rougir, ou plutôt je n'avais plus à craindre d'être féminine. Je me laissais coiffer pendant des heures, caresser le dos, habiller de jolies robes. Petits moments de répit dans la chasse quotidienne au féminin. Je haïssais les survêtements trop grands hérités de mon frère et les chaussettes à carreaux que ma mère me forçait à mettre. Pour « pas gâcher ».

Et puis Gabelle nous faisait danser sur du rock'n'roll !

Elle nous passait la chanson des Clash en traduisant les paroles. Et nous, on sautait sur son lit en hurlant, sans mesurer à quel point c'était LA question :

« Should I stay or should I go ? »

Angélique était moins présente. Elle avait mis la mer entre elle et la mère, et la traversait peu. Mais elle avait la vertu de représenter un ailleurs, une possible échappée, une lumière au bout du tunnel, la preuve que tout finirait par avoir une fin.

Elle sortait avec un motard irlandais ; quand ils venaient nous voir, il nous emmenait faire un tour sur sa moto rouge. Angélique amenait avec elle un vent de liberté. Lorsqu'elle repartait après ses brèves visites, Raphaëlle et moi pleurions à chaudes larmes, redoutant le retour à la réalité, et par conséquent à l'intrusion maternelle.

J'ai toujours été lucide. À mes sept ans, je m'étais insurgée contre mes frères et sœurs :

« Vous me laisserez pas toute seule avec Maman ! »

Ce qui était mon pire cauchemar : être seule, moi, la petite dernière... Quotidiennement exposée à la dévoration maternelle sans autre diversion possible...

« P'tite pute ! P'tite salope ! Tu m'dégoûtes tiens ! »

L'HYDRE

Ma mère ne supportait pas que nous, ses enfants, ayons une vie, des amis, des activités, des passions.

Or, moi, j'étais du genre très populaire, et j'en avais beaucoup, de tout cela…

Alors, pour me punir et m'inciter à rester à la maison, chaque fois que je partais, ma mère détruisait ma chambre.

Elle brûlait mes photos et les lettres de mes copines.

Déchirait mes posters.

Enfermait mes vêtements dans le cabanon au fond du jardin.

Jetait mes cours – même une semaine avant le bac.

Une fois, elle a minutieusement coupé cinq centimètres aux jambes de chacun de mes pantalons. Pourquoi ? Parce que c'était la mode d'avoir des pantalons qui traînaient par terre et qu'elle voulait bien me faire chier !

À mes seize ans, ma dernière sœur a quitté la maison. Ce que je redoutais le plus est arrivé : je me suis retrouvée seule avec l'Hydre… Malgré tout, j'avais hérité d'une chambre qui fermait à clé. C'était la liberté !

Mais un jour que je rentrais du collège, j'ai trouvé ma mère de très bonne humeur : elle me posait des questions sur ma journée, ce qui était suffisamment rare pour être louche.

J'ai couru jusqu'à ma chambre, le cœur battant de ce que j'allais découvrir et là j'ai compris : j'avais oublié le matin la clé sur la porte ! J'ai su immédiatement qu'elle avait été en faire un double et qu'elle l'avait planqué quelque part. Elle jubilait ! Elle jubilait de son terrain de jeu retrouvé !

J'ai renoncé alors à tout espace individuel. À toute intimité. Je me suis résignée à ne rien garder pour moi. Je me livrais aux autres comme par obligation. Je me dilapidais par habitude.

Ne rien avoir. Ne rien posséder…

Prenez et mangez-en tous.

Dévorez-moi.

— J'ai fait un rêve où il y avait un banquet de petits choux à la crème, vendus à l'unité. Il fallait absolument que j'arrive à en subtiliser un avant que tout le monde ne les dévore…

— Mais c'est vous, le petit chou ! On s'arrête là ! [Cigarillo !]

MATTHIOUS PIPIDOUS

Ma créativité a démarré très tôt dans l'enfance. Je donnais des surnoms farfelus à tout le monde. Par exemple, Samuel était Samuphin Tête de Pain, Maman était Moumoute et mon grand frère Matthieu était Matthious Pipidous, je ne sais pas pourquoi je l'ai appelé comme ça, cela devait sans doute me faire rire. J'adorais les onomatopées, c'était pour moi un langage, et une manière d'évacuer l'excédent d'anxiété.

Donner un surnom à quelqu'un, c'était aussi lui déclarer mon amour, je donnais un surnom lorsque je me sentais proche de la personne. Matthious était très grand, avec de longues jambes, et il nous faisait voler sur ses pieds.

Ma vocation d'actrice est arrivée par lui. D'abord parce qu'il se mettait constamment en scène en racontant les sketchs de Raymond Devos et des histoires drôles à rallonge que nous écoutions des soirées durant dans une tempête de rires et de larmes. Ou encore parce qu'il chantait les chansons des Frères Jacques aux réunions de famille et qu'il nous récitait par cœur l'épisode de *Oui-Oui et la Gomme magique* : « Oui-Oui ! En prison ! » Mais surtout parce que c'est lui qui m'a dit lorsque j'étais jeune enfant : « Toi, Frédérique, tu dois faire du théâtre ! » Me donnant ainsi mon premier rôle, définissant ma place dans l'existence, et sans le savoir m'offrant la solution.

Il m'a emmenée au théâtre voir *Boeing Boeing* ou *Un fil à la patte*. Il m'a appris à compter les chauves assis à l'orchestre, à lancer des avions en papier sur scène si la pièce était mauvaise, mais surtout, je le regardais rire. Il me fascinait. Il riait très fort, à gorge déployée, frappant l'accoudoir du plat de la main. Le spectacle, c'était Matthious.

PAROLE D'ÉVANGILE

L'un des grands enjeux de mon analyse fut de me libérer de la parole de l'autre, que je prenais pour parole d'Évangile. Je ne comprends toujours pas comment, en ayant eu un père aussi fou, j'ai pu à ce point penser que l'Autre disait forcément la vérité.

Tout ce qui émanait de la bouche du premier quidam venu était forcément source de lumière et direction à suivre ; ce qui a pu me mener à de sérieuses dichotomies cérébrales, ces paroles de vérité étant parfois diamétralement opposées, une personne pouvant me conseiller de quitter mon emploi, avant qu'une autre, dix minutes plus tard, ne m'exhorte à le garder à tout prix. Cette mixture cérébrale me poussait généralement à ne prendre aucune décision, paralysée à l'idée de regretter mes choix.

Ce que je pensais, ressentais, désirais passait après ce que l'autre m'enjoignait de faire. Je m'alignais sur ce qu'il disait, mortifiée de déroger à ce que je pensais être le standard, enquêtant, recueillant tout ce que j'entendais pour pouvoir me constituer une sorte de code de conduite pour me fondre dans la masse du monde, faire passer inaperçue ma marginalité.

— Je crois que je suis folle.
— Mais non vous n'êtes pas folle. Je vous attends mardi. [Cigarillo !]

Je devais effacer la Marque, cette sensation que je portais un tatouage au fer rouge m'étiquetant comme imposteuse, ce qui me reliait à ma mère, persuadée que cela se lisait sur mon visage, que je ne sentais pas bon, que j'avais mauvaise haleine, que j'étais la plus laide, la plus bizarre, la plus sotte, la plus folle.

— La plus la plus ! Ça vous assure un statut d'exception ! L'unique ! La seule ! On s'arrête là ! [Cigarillo !]

Prendre conscience de ma normalité, comprendre que je n'étais pas extraordinaire m'a pris des années de séances de psychanalyse.

Ô combien je fus libérée quand j'ai fini par intégrer que je pouvais penser par moi-même.

Que je n'étais pas monstrueuse. Que j'étais simplement moi.

DIS SEULEMENT UNE PAROLE ET JE SERAI GUÉRIE

— Pas digne, pas digne ! C'est quoi ça ? C'est encore votre truc catho ! [Cigarillo !]

Durant des années, je ne me suis pas sentie digne d'avoir un rôle. Un amoureux. Un vêtement neuf. Un joli appartement. De la bonne nourriture. De bons amis.

Pas digne d'avoir, tout simplement.

Je me sentais comme une véritable imposture dans ce monde, persuadée que je devais m'infliger ce qu'il y avait de pire, de plus sale et de plus détestable, certaine que je ne méritais pas autre chose.

Je prenais les restes.

Condamnée aux vêtements de seconde main, aux appartements humides et truffés de souris, et aux aliments de mauvaise qualité.

Il fallait toujours qu'il me manque l'essentiel.

Je n'osais pas acheter le moindre calepin pour ne pas gâcher et recueillais ce que mes amis ne voulaient plus pour eux-mêmes.

Je me pardonnais d'avoir si j'avais le pire, ou le non désiré. L'Objet Misorobus.

Ainsi, j'aurais la paix, ma mère ne me courrait plus après pour détruire tout ce à quoi je tenais.

Si je n'avais rien à perdre, je n'avais rien à craindre.

MIEUX VAUT RIRE QUE PLEURER

L'une des grandes facultés familiales était de déjouer la tragédie par le rire.

Tout était prétexte à une galéjade sur la mythologie parentale.

C'est grâce au rire que mes frères et sœurs et moi avons survécu à notre mère.

Nous étions une tablée d'ogres se frappant les cuisses, exultant d'imiter Maman, mimant les pires horreurs qu'elle nous infligeait, rejouant le théâtre de nos humiliations.

Les paroles se chevauchaient, chacun voulait raconter, et nous finissions les joues trempées de larmes, rouges et repus de cette petite vengeance d'avoir accablé notre mère en la singeant.

C'était un rire cruel, parfois.

Mes grands frères et sœurs étaient particulièrement durs avec ma mère et aimaient à la railler durant les déjeuners de famille. Cela me déchirait le cœur et je me retrouvais toujours à aller consoler ma mère partie s'exiler au fond du jardin, finissant son petit-suisse périmé avec le doigt.

Je prenais le parti de l'opprimée, me culpabilisant soudain de m'être laissée aller à la moquerie, et me sentant responsable du malheur de ma mère.

Elle me serrait dans ses bras quand je venais la consoler. Elle me faisait tellement pitié.

Alors j'essayais de la faire rire. Je disais :

« Moignon Moignon Moignon ! Moinillon Moinillon Moinillon ! »

Et elle riait.

Le rire de ma mère était une sorte de son nasal, comme une expulsion d'air, un raclement de nez, mais qui éclairait son visage.

Les moments où ma mère riait le plus, c'est quand elle était « paf », comme elle disait. Je me souviens des fêtes paroissiales et des grandes tablées d'ouailles où ma mère buvait un kir et *paf !* elle riait, montrant ses dents déchaussées.

J'adorais le rire de ma mère !

Quand Maman riait, d'un coup, je n'avais plus pitié d'elle, je me sentais plus légère. Elle pouvait enfin se débrouiller sans moi.

MINUTE, PAPILLON !

Ma mère n'aimait pas « les cérémonials et les mondanités inutiles ».

À sept ans, alors que je voulais goûter l'hostie à la messe, elle m'a donné la moitié de la sienne en cachette et m'a chuchoté :

« Voilà, tu l'as faite ta première communion ! Pfff ! Ouvre la bouche. Le corps du Christ. Amen ! »

Elle se foutait des règles, qu'elle déjouait à volonté.

Elle prenait un malin plaisir à enfreindre le code de la route, roulait en sens interdit et se garait n'importe où.

Elle recevait des amendes, qu'elle refusait de payer. Elle fut un jour convoquée au tribunal. Qu'à cela ne tienne, elle s'y rendit non seulement avec sa prothèse, mais de surcroît munie d'une paire de béquilles, exagérant sa claudication.

Ma mère aussi était une actrice !

Elle était repartie jubilante, ses béquilles sous le bras, ravie d'avoir « fait la nique à la justice ! ».

Gagnant une fois de plus son combat contre la bêtise, toutes ces normes qu'elle trouvait « complètement idiotes », défendant férocement son désir de liberté, une loi existant pour être contournée.

Ma mère méprisait la contrainte.

Cette légendaire rébellion nous a valu moult inimitiés.

Comme cette fois, au marché, où elle a trouvé le poney du fromager mignon : « Pauvre bête, elle est attachée ! »

Elle avait décidé de l'acheter et l'avait appelé Crin Noir. Ne supportant pas l'idée de devoir l'enfermer, elle le laissait trotter en liberté et dévorer les salades des potagers voisins.

Il a fini par s'échapper. Ma mère, munie d'une corde – celle de l'accident –, a grimpé dans sa vieille Renault 15 et roulé après Crin Noir. Elle l'a attrapé du premier coup de lasso dans la cour de la maternelle.

C'est resté l'une de ses plus grandes fiertés.

Cette aventure qu'elle a insufflée dans un quotidien meurtri. Cultivant cette croyance qu'elle était invincible. Menant perpétuellement son corps au bord du précipice. Ce mépris du faible qu'elle avait, cette rébellion de ne pas accepter d'être diminuée. Refusant de se soumettre à la réalité du handicap.

ON N'EST PAS EN SUCRE QUAND MÊME !

Maman était une femme extrêmement courageuse.

Sa jambe manquante ne l'a jamais empêchée de faire quoi que ce soit, si bien qu'elle était plus active que la plupart des femmes que je connais.

Elle faisait du vélo, de l'escalade, de la randonnée, du ski – elle tombait tous les vingt mètres mais y retournait tous les hivers –, de la natation – et c'était tristement hilarant de la voir nager dans le lac de notre enfance quand elle se rendait compte que son unique jambe la faisait tourner en rond et s'éloigner de la rive… S'il y a bien une chose qu'elle m'a transmise, c'est sa volonté inébranlable.

— Mais elle est increvable, votre mère ! [Cigarillo !]

INCREVABLE ! Mais c'était bien ça le problème !

Je n'en voyais pas le bout.

Comment m'extirper de cette omniprésence ? Comment échapper à l'envahissement maternel qui réclamait d'être tout et partout ?

Je voulais en finir.

Un jour que ma mère m'avait particulièrement poussée à bout, j'étais allée dans la salle de bains chercher un pot de mort-aux-rats à verser dans sa soupe…

Mais je me suis ravisée. Peur de finir en prison.

Si j'avais écopé de vingt ans d'analyse, je n'allais pas en plus me taper vingt ans de taule !

BON PIED BON ŒIL !

Pendant longtemps, je n'ai pas voulu faire de montagne. C'était le territoire de ma mère, je ne voulais pas y être mêlée. J'étais surtout terrifiée à l'idée de finir comme elle.

À mes treize ans, ma sœur Joëlle nous a emmenés, l'un de ses fils et moi, faire l'Index, une course en rocher assez facile, de celles que l'on fait pour s'entraîner. C'est un pic rocheux dans le massif des Aiguilles-Rouges, au-dessus de Chamonix Mont-Blanc.

J'ai passé la course à éructer d'angoisse et de vertige, n'ayant aucune confiance dans le matériel d'escalade installé par ma sœur, sûre que les coinceurs allaient lâcher et que je me retrouverais écrasée, disloquée parmi les chamois que je voyais gambader deux cents mètres plus bas.

Arrivée à ce que je croyais être la fin de la course, j'ai enlevé mon baudrier. Tout à coup, ma sœur s'est retournée vers moi et a paniqué : nous étions en haut du dernier rappel, une paroi lisse d'une quarantaine de mètres, je n'étais accrochée à rien. Elle m'a hurlé de remettre mon baudrier, et là, je l'ai fait tomber tout en bas de la paroi. Ma sœur a dû descendre en rappel et me le remonter au bout de la corde.

Elle était bel et bien là, la malédiction maternelle. Nous tous, les sept enfants, courions vers ce destin amputatoire, n'osant rester entiers, nous culpabilisant de notre corps fonctionnel.

Dès ce jour j'ai déserté les voies d'escalade pour m'attaquer aux voies théâtrales, tout de même beaucoup moins dangereuses. Je reste depuis bien en sécurité à terre, je regarde les cimes avec envie, crainte et peut-être un peu de honte d'avoir renoncé à l'alpinisme. Je fais des randonnées pédestres, dans ce que ma mère a toujours désigné avec un tantinet de mépris comme « la montagne à vaches ».

SORTONS-EN !

J'ai débuté mon analyse à vingt et un ans, avec les mots de ma grand-mère, le Monstre : « Sortons-en ! »

Phrase qu'elle lançait à la volée lorsqu'une situation s'installait un peu trop à son goût, hoquetant son impatience légendaire.

J'ai commencé mon analyse pour avancer. Il fallait que ça aille vite car mes symptômes m'empêchaient de me développer dans mon métier. J'avais trop peur de rater ma vie et de la passer à regretter comme ma mère.

Comme mon père, j'ai collectionné les méthodes de soin et de développement personnel.

Je suis allée voir toutes sortes de thérapeutes pour échapper à mon histoire.

J'ai vu des chamanes qui m'ont aidée à recouvrer mon âme et à rencontrer mon animal totem, des énergéticiennes qui ont nettoyé mon aura et exploré mes vies antérieures, des coachs de vie qui m'ont appris à m'aimer grâce à la roue des valeurs, des cartomanciennes qui m'ont permis de prendre des décisions, des astrologues qui ont fait le planning de mes réussites futures, des thérapeutes en constellations familiales et systémiques qui ont insufflé de la paix dans ma famille en remettant chaque membre à sa juste place par le biais de représentants qui prononçaient des paroles de guérison, des praticiens shiatsu qui ont mis de l'ordre dans mes méridiens, des médiums qui ont contacté mon ange gardien pour me guider dans cette vie terrestre encombrée, des ostéopathes qui ont désencrassé ma mémoire cellulaire en rotant, et les jours de disette financière ou de déboire nocturne, ne pouvant joindre personne, j'ai tiré des cartes de mon jeu *Guérir avec l'aide des anges* de façon compulsive, jusqu'à ce que la carte me convienne et me rassérène jusqu'au matin, où je fonçais chez ma psy avant 8 heures, attendant devant la porte cochère que son cabinet ouvre.

Elle a été le garde-fou de ma déperdition mentale, celle qui a fait que les morceaux de mon âme ont fini par tenir ensemble.

Celle qui m'a permis d'échapper à la malédiction maternelle qui me vouait à assister à l'effondrement de mes rêves.

LA VIE DONT ON RÊVE

— Je ne vous tendrai pas le mouchoir ! [Cigarillo !]

Ma psy est une femme très digne et très drôle.

Sa méthode ? Dédramatiser le réel. Rire de ce réel, l'éloigner de soi en évitant de le prendre au sérieux. Se désidentifier du trauma, en somme.

C'est une grande dame, toujours bien habillée, qui m'a axée sur la poursuite de mon désir, ce à quoi je tenais vraiment.

Ma psy m'a permis de me reconstituer une image de femme. Et même de mère.

Car j'ai passé ma vie à me chercher des parents dignes de ce nom.

Lors des premières années d'analyse, avant que je commence à être allongée sur le divan, elle était face à moi, attendant un peu impatiemment que la parole vienne, loin de me regarder avec commisération, mais plutôt avec l'air de celle à qui il ne fallait pas la faire.

Je ne l'amadouerais pas avec mes larmes ou une histoire compliquée.

J'étais obligée de me mettre au travail et de démanteler ma position inconsciente.

En psychanalyse, on dit qu'on a toujours la vie dont on rêve, du moins, inconsciemment. Il s'agit donc de mettre en lumière quelle zone cachée jouit d'une situation qui nous rend consciemment malheureux.

Elle croisait ses deux longues jambes, les agitant, faisait claquer sa mule en croco. J'ai compris bien plus tard ce que ce mouvement signifiait : « J'en ai, moi, des jambes. N'essayez pas d'être ce qui me manque. »

Ne pouvant me mettre dans la seule position que je connaissais, à savoir « complément de l'autre », j'ai travaillé d'arrache-pied à mon émancipation psychique, gravissant la paroi de mes fantasmes pour remonter aux origines du souci, écartant les piles de mes symptômes pour arriver au nœud du problème : je ne vivais pas pour moi, mais pour convenir à ce que j'imaginais que l'autre voulait que je sois. Demeurant dans l'angoisse perpétuelle d'avoir dérogé aux multiples attentes, m'étant constitué une identité adaptable, ajustable au désir de l'autre.

C'est quoi être une femme ?
ah.
personne ne le sait mon chou !

— C'est quoi, être une femme ?

— Personne ne le sait, mon chou ! Une femme, ça n'existe pas. Être une femme, c'est être ce que vous êtes. [Cigarillo !]

J'avais donc le droit d'être moi-même sans provoquer la furie de l'autre.

« Deviens qui tu es. »

Cette devise de Nietzsche m'a toujours fascinée. Avec ma psy, je suis devenue qui je suis.

SON CORPS LIVRÉ POUR VOUS

J'étais littéralement répugnée par le corps de l'autre.

Le corps de ma mère.

Ses seins tombants après l'allaitement des huit enfants.

Les énormes pets que produisait l'air qui sortait de sa jambe.

La manière dont elle grignotait les quelques miettes restées collées au fond de l'emballage de la brioche : « Faut pas gâcher ! »

Comme elle saisissait nos assiettes en fin de repas pour les lécher. Les batailles pour récupérer la mienne.

Comme elle ingérait n'importe quoi ; plus c'était moisi, plus elle aimait ça.

Comme elle crachait dans l'évier d'énormes glaviots qu'elle allait chercher au tréfonds de ses entrailles.

Comme elle se lavait les dents à l'eau sale, l'eau de cuisson des légumes, de la viande.

Ma répulsion pétrifiée chaque fois que je la découvrais en train de commettre l'une de ses horreurs et sa jubilation face à mon visage répugné.

Comme elle épluchait les légumes, le dos voûté, en écoutant Radio Notre-Dame ou *Le Jeu des 1 000 euros*.

Ce corps penché à cause de sa jambe trop lourde.

C'était insupportable.

L'oscillation entre deux sentiments, le va-et-vient entre répugnance et pitié. Tellement de pitié pour ce corps mutilé, cette détresse, cette solitude, ce rejet dont elle était l'objet et tellement de dégoût. Aussi seule au milieu de toute sa progéniture.

Cette pitié et ce dégoût qui m'ont poussée à la haïr.

Ce crapaud de bénitier qui aimait à nous entraîner dans le sillage de sa honte, de son exclusion. Nous, ses prolongements, ses multiples jambes, la multiplication de son être.

« Je me vengerai sur les enfants. » Je me vengerai en faisant plein d'enfants.

L'insupportable pitié quand l'été, au bord du lac, elle enlevait sa jambe qu'elle dissimulait sous sa serviette élimée et qu'elle se hissait tant bien que mal jusqu'à l'eau.

Je la haïssais de me faire ressentir autant de pitié pour elle.

J'aurais voulu qu'elle meure pour ne plus la voir souffrir.

Je la haïssais de l'aimer autant !

LA FILLE QUI CHANTE

Dans ma poitrine vide, ça fait comme le tic-tac
D'une vieille pendule d'un pantin d'bric-à-brac
Une poupée ancienne au ressort brisé
Une poupée d'porcelaine au visage délavé
Je suis la femme pendeloque faite de bric et de broc
Pièces piquées par-ci par-là remplacer les anciennes
Un cœur qui ne bat plus ça ne vaut plus la peine
Sur mon visage triste un sourire recousu
Des larmes de papier qui me roulent dessus
Je r'monte le mécanisme de mes membres brisés
Mais ils ne marchent plus, j'ai la voix déraillée
Dans ma boîte à musique cela ne tourne plus
Y a qu'un son métallique depuis qu'je t'ai perdu
Je te supplie de rendre à mon cœur de poupée
Son souffle de vie j'veux plus être déglinguée

ET DÉLIVREZ-NOUS DU MAL, AMEN

« Tu vois, on n'a pas tout ce qu'on veut dans la vie. Moi j'aurais voulu faire de la montagne. Y a que ça qui m'intéressait, la montagne. Puis voilà, j'ai eu mon accident et pfuit c'est fini… C'est comme ça… On n'y peut rien… Tant pis… »

Tant pis…

On veut tous sauver sa mère.

Et l'on passe une vie à se libérer de ce fardeau inconscient.

Pour pardonner à ma mère, il m'a d'abord fallu lui pardonner d'être si malheureuse.

Je la haïssais non seulement pour ce qu'elle me faisait vivre, mais aussi parce qu'il m'était impossible de la sauver et de soulager sa souffrance.

— Pauvre maman… Elle a tellement eu une vie de merde…

— Je ne pense pas que votre mère pense qu'elle a eu une vie de merde. Je pense qu'elle pense qu'elle a eu une vie de martyre. Et que ça lui convenait parfaitement. [Cigarillo !]

La pitié dangereuse…

Ma mère aurait donc choisi sa vie ? Elle ne serait donc pas nécessairement victime ? D'elle-même, du monde, de la fatalité ? La fatalité de l'accident.

L'Accident : cette peur qui me fait vivre ma vie si intensément, ou plutôt si angoissément. Je cours avec, à mes trousses, la terreur de la catastrophe. La certitude que tout finira mal.

— Mais la catastrophe a déjà eu lieu, et cela ne vous est pas arrivé à vous. C'est l'histoire de votre mère, pas la vôtre. [Cigarillo !]

Le sacrifice. La jouissance d'évoluer dans la saleté. Les verres restés gras, les assiettes mal lavées, l'éponge devenue noirâtre – utilisée jusqu'à sa complète décomposition – qui salissait plus qu'elle ne lavait, le *shamex* usé jusqu'à la corde, les vêtements rapiécés, les chaussettes trouées, les poils de chien partout, dans le frigo, les placards, nos assiettes. Et ma mère qui les gardait précieusement pour en faire un duvet, pour « pas gâcher, pauvre bête ! ».

« Le pauvre ! Il a pas choisi de naître chien ! »

Ma mère…

Ma mère, qui n'a pas choisi de naître elle.

Et qui n'avait rien le droit de faire enfant. À qui sa mère interdisait tout : le karaté, le sport, le scoutisme, parce que c'étaient « des activités de garçon ». Qui, enfant, était condamnée au crochet et à la broderie. Qui n'a pas eu le droit de faire d'alpinisme avant ses dix-huit ans, qui s'y est préparée pendant des années, et qui s'y est jetée à corps perdu à sa majorité. Convaincue qu'il fallait qu'elle laisse un morceau d'elle à la montagne. Qu'elle paye sa passion du tribut de son corps. Et la Petite Ruine qui lui répétait sans cesse : « Maddie, n'oublie pas que tu es handicapée. »

— Mais ça l'a sauvée, votre mère, cet accident ! Sinon elle serait morte en montagne ! [Cigarillo.]

Le jour où la vie de maman s'est arrêtée.

Une fois, elle a sorti du fond de son placard, cachée sous une pile d'affaires, une petite boîte en fer rouge, toute rouillée. Une vieille boîte à biscuits. Dedans, il y avait le garrot dont mon père s'était servi le jour de l'accident, et une coupure de journal de l'époque, annonçant la tragique chute de deux alpinistes dans les calanques de Marseille. Elle conservait cette boîte comme une relique.

Je suis la seule personne à qui ma mère l'ait montrée. À tel point que je me demande si ce moment a bien existé. Si je n'ai pas inventé cette petite boîte, qui renferme la vie de ma mère.

Maman qui depuis marche en claudiquant, sur un fil. Qui se débat parmi ses fantômes. Passée si près de la mort qu'elle est terrorisée à l'idée de mourir...

Qui nous a enfantés pour ne jamais disparaître.

Un Noël, ma mère nous a annoncé sa décision de donner son corps à la science. Ainsi, elle servirait à quelque chose, elle serait... utile. Et comme cela, elle ne serait pas vraiment morte. Si les différents morceaux de son corps n'étaient pas au même endroit, elle ne serait jamais vraiment morte. Voldemort, ses horcruxes... S'éparpiller, des morceaux d'elle éparpillés pour ne pas vraiment disparaître.

Cette peur panique de se dissoudre dans le néant... Croire en Dieu pour désespérément croire qu'il y aura quelque chose après. Qu'elle ne servira pas à rien. Qu'elle ne sera pas inutile... Juste un corps démembré.

Et moi. Sa jambe. Moi qui m'allongeais tous les soirs sur son moignon, me mettant volontairement dans la position de prolongement. De membre amovible, substituable. Celle qui faisait que l'autre tenait debout. Que ma mère tenait debout.

Je ne voulais pas qu'elle tombe.

Mais qui de nous deux serait tombée ? C'est moi qui finalement ne savais plus comment tenir debout. Comment me connecter au monde. Il me fallait un corps auquel me raccrocher le temps de me reconstruire. Un corps de rattachement.

Ariane Mnouchkine a été ce corps.

« Vous êtes mes bras, vous êtes mes jambes, vous êtes mon corps ! »

Nous avons, au fur et à mesure de mon analyse, choisi le moment opportun pour moi de quitter le Théâtre du Soleil. Le moment où je ne me mettrais pas trop en danger par mon incapacité à me mouvoir sans l'autre.

Moi, qui ai mis tant de temps à m'autonomiser. À m'animer. Mais qui toujours ai eu une volonté de fer.

Maman. Qui malgré tout m'a donné ça : cette force, ce courage, ce besoin de gravir des montagnes, de n'être point intimidée par les voies d'escalade de la vie, les surplombs de l'existence, les chutes, les accidents, les prises qui tombent, les épreuves qui coincent.

Qui m'a donné la force d'en rire ! De rire de tout, de moi, du monde, de ce qui fait le plus mal. « Moignon Moignon Moignon. »

Qui m'a donné les mots. Qui m'a transmis la puissance du langage, l'amour de choisir mes mots avec soin.

« Je regrette, il y a un mot pour chaque chose ! »

« Il y a un mot pour chaque chose ; en psychanalyse il y a une chose pour chaque mot. »

La psychanalyse lacanienne est un art du mot. Un bon analyste lacanien guette le mot juste, le moment où point un morceau de notre inconscient, où un mot nous échappe et renseigne quelque chose de notre rapport au monde. Lorsque l'analyste prononce la phrase clé « on s'arrête là » se produit dans notre inconscient une césure, puis notre inconscient se recolle et se reforme un peu différemment. On évolue de manière empirique à chaque séance.

Au fil des années j'ai renoué avec ma mère. Par le langage. J'ai compris que, entre autres choses, nous partagions cet amour des mots.

Selon Lacan, notre inconscient se façonne à partir du langage. « Je regrette… », ce préfixe à toute phrase que ma mère prononçait vingt, trente fois par jour.

Comme elle, je passe ma vie à regretter : de ne pas être au bon endroit, de ne pas avoir fait les bons choix. De ne pas être ailleurs. Je regrette comme ma mère.

— « Je regrette », c'est du présent. C'est la façon que votre mère a trouvée pour mettre le possible derrière elle. C'est sa façon à elle d'avancer. Pas la vôtre. Vous, à quel temps parlez-vous ? Je vous donne un exemple. Vous pouvez dire : je mangerai une tarte au citron. Sans le *s* c'est du futur. Avec le *s* c'est du conditionnel, et vous rendez la chose non réalisable.

— Je mets des *s* partout.

— On s'arrête là. [Cigarillo !]

M'autoriser à vivre. Enfin. Sans la culpabilité d'être complète. Arrêter d'échouer pour plaire à ma mère. Arrêter de ne rien vouloir, ne rien avoir, ne rien recevoir. En finir avec cette jouissance de l'exclusion, du rejet, de l'échec.

— Vous avez peur de finir clocharde ? Donc vous voulez finir clocharde ? Vous devez vraiment l'aimer votre mère pour vouloir lui faire plaisir à ce point… [Cigarillo !]

Il m'a fallu accepter que ma mère m'avait transmis plus que je ne voulais l'admettre. Avec quelle tendresse elle recueillait les oisillons tombés du nid ou les mulots blessés, je l'ai vue des heures durant assister une musaraigne dans ses derniers instants, lui donnant à boire du lait à la petite cuillère, ou encore changer les pansements du chien qui s'était battu. Son amour de la nature, de la montagne. « J'aime que les choses soient belles. » Cet amour du vivant qu'elle n'a su appliquer à ses filles. Se sentant si indigne d'être femme qu'elle ne savait pas être mère. Se sentant incapable d'aimer, et de l'être en retour.

« Je ne suis pas digne de te recevoir, mais dis seulement une parole et je serai guérie. »

Ce monstre qui somme toute n'a pu être autrement, qui a bien fait ce qu'elle a pu avec qui elle était. Mon insubmersible mère. Cette ogresse que j'ai prise dans mes bras pour la première fois à mes trente ans, et qui en souriait comme une enfant, mal à l'aise, qui passait d'une fausse jambe sur l'autre. Cette enfant qu'elle n'a pas pu être, empêchée, quasi morte au pied de la falaise, et qui ne voyait que ses garçons morts.

Accepter de regarder en face son corps amputé, incomplet. « Le corps du Christ. — Amen... »

Un corps qui jouit de se laisser dévorer.

Accepter que, finalement, elle ait un corps, le sien. Accepter que, moi aussi, j'aie un corps, et qu'avoir un corps n'est pas forcément gage de souffrance, de honte, d'abus ou d'humiliation. Accepter que je sorte de son corps. Que j'aie été nourrie et bercée, et malgré tout aimée par ce corps. Mal aimée peut-être, maladroitement, de travers, de guingois, mais aimée.

Il va sans dire que je fus sauvée par une voix. Une voix homérique, qui jaillissait de derrière mon dos, sur le divan, qui m'a raccrochée à la vie à coups de « on s'arrête là » enthousiastes, qui m'a permis de donner corps à mes désirs, de comprendre, de me comprendre, de pardonner, de me pardonner, et de me tenir dignement, debout, sur mes jambes, moi qui en ai deux.

Et il y a eu le théâtre. Qui transforme l'horreur en beau, en drôle, en tout cas, qui transpose. La scène : le seul endroit où je me sente vivante. La nécessité de confirmer mon existence par le regard de l'autre. Ce besoin que l'on me dévore des yeux.

Pourquoi ai-je besoin de faire théâtre avec tout, à tout prix ? Quelle est cette nécessité d'être vue, tout le temps ?

— En fait, vous ne vivez que sur scène. [Cigarillo...]

Ma mère ne voit que ses morts. Sur scène souvent on joue les morts, on invoque des êtres inhumés depuis longtemps. Incarner les morts pour être vue ? Vue de ma mère ? Enfin ?

— Quand je ne suis pas vue, c'est comme si je n'existais pas...

— Moi, je vous vois. On s'arrête là.

Faire théâtre. Avec tout.

J'imitais chaque membre de ma famille à la perfection, j'inhalais et incorporais chacune de leurs expressions pour en faire la galerie de personnages d'un conte monstrueux.

La vie n'était qu'une vaste pièce de théâtre et ma mère en était la gargantuesque héroïne ! Mon Héroïne.

« *All the world's a stage !* » : rien ne fut plus vrai et plus salvateur pour l'enfant que j'étais.

Tout ne fut qu'une question de regard. Une histoire… d'yeux.

« Prenez et mangez-en tous, car ceci est mon corps livré pour vous. »

Il y a tant de gens à remercier. J'ai cette chance : avoir été dès le début de cette aventure extrêmement soutenue, encouragée, rassérénée, rassurée. *Lalalangue* est auréolé d'une bonne étoile. Cette étoile a pour nom multiple les personnes citées ci-dessous.

Il y a Franck Pendino, le premier à avoir lu mon texte, et qui m'a accompagnée de son humour et de ses conseils dans chaque étape de cette édition.

Il y a Geoffroy Adragna, qui, en plus de supporter les affres quotidiennes de mon âme, mit avec brio en lumière le spectacle de *Lalalangue*.

Il y a Thérèse Spirli, qui, en plus d'être l'amie rassurante qu'on connaît, a sonorisé la pièce de théâtre.

Il y a Simon Abkarian, qui, en plus d'être l'ami avec qui refaire le monde jusqu'au bout de la nuit, est merveilleux, a su m'accompagner pour m'aider à faire de ce témoignage un spectacle.

Il y a Ariane Mnouchkine, qui a su me laisser trouver mon autonomie, et qui m'a permis d'ouvrir mes ailes en invitant Jean-Michel Ribes à voir mon travail.

Il y a Justine Jacquot-Haméon, qui met sa créativité au service de la compagnie depuis ses débuts.

Il y a Benoît Maas, qui m'a offert sa confiance depuis l'orée de ce projet.

Il y a Marie et Philou Verreaux, qui ont entouré mon spectacle de leur énergie et de leur indéfectible soutien.

Il y a Liliana Andreone, la bonne fée qui s'est penchée sur le berceau de mon travail et qui a touché un mot à plus d'une personne importante pour qu'elles viennent le découvrir.

Il y a tous mes amis de la première heure qui m'ont fait confiance en devenant coproducteurs de *Lalalangue* et en m'offrant le projecteur de diapositives, les amis qui ont cru en moi, ont rempli et re-rempli les salles obscures pour que les premières représentations ne se fassent pas devant des gradins tristement vides, et qui ont fait découvrir le spectacle à leurs amis, leur famille, leurs enfants, leurs collègues, leurs classes… Françoise Berge, Ariane Bégoin, Alexandre Zloto, Manon Pélissier… Ces amis si nombreux que tous les citer serait prendre le risque d'en oublier, mais chacun fait battre mon cœur et me donne les forces de continuer.

Il y a les premiers lieux à m'avoir fait confiance pour présenter mon spectacle, notamment le Théâtre du Soleil, et le Cirque Électrique, qui m'a accueillie au plus fort de la crise sanitaire.

Il y a bien sûr chacun de mes frères et sœurs avec qui j'ai partagé cette enfance haute en couleur.

Il y a évidemment celle qui m'a mise au monde, et a fait de moi celle que je suis.

Et enfin, il y a Emmanuelle Bucco-Cancès, qui a découvert *Lalalangue* lors d'un festival en Picardie et proposé d'en éditer le texte, et Marie Eugène, qui m'a accompagnée avec un enthousiasme si encourageant jusqu'à ce que ce texte devienne un livre.

Dans la même collection

Marie Aline, *Les Bouffeurs anonymes*

Louise Browaeys, *La Dislocation*

Louise Browaeys, *Fais battre ton tambour*

Agnès de Clairville, *La poupée qui fait oui*

Gringe, *Ensemble, on aboie en silence*

Émilie Guillaumin, *L'Embuscade*

Carine Hazan, *jean-jacques*

Aurélie Jeannin, *Préférer l'hiver*

Aurélie Jeannin, *Les Bordes*

Anne de Kinkelin, *12 bis, avenue du Maréchal-Joffre*

Anne de Kinkelin, *La Sourde Oreille*

Nicolas Laquerrière, *Nueve Cuatro*

Nicolas Maleski, *La Science de l'esquive*

Nicolas Maleski, *La Force décuplée des perdants*

Sophie Pointurier, *La Femme périphérique*

Sophie Reungeot, *Le Bruit des avions*

Matthieu Seel, *Rien ne dure vraiment longtemps*

Composé et édité par HarperCollins France.

Achevé d'imprimer en septembre 2022.

CPI
FIRMIN-DIDOT

à Mesnil-sur-l'Estrée (Eure)

Dépôt légal : octobre 2022.

Pour limiter l'empreinte environnementale de ses livres, HarperCollins France s'engage à n'utiliser que du papier fabriqué à partir de bois provenant de forêts gérées durablement et de manière responsable.

Imprimé en France